ALLAS VÅRT BARN

Cathy McGough

Stratford Living Publishing

VAD LÄSARNA SÄGER...

"Jag blev överväldigad halvvägs genom boken,
vilket fick mig att verkligen tänka WTH?"

FRÅN STORBRITANNIEN:
"En berättelse som är så tätt skriven att den ger
mersmak."

"Jag trodde att jag hade räknat ut allt, men jag
hade så fel."

"En trevlig läsning med några överraskande
vändningar längs vägen."

FRÅN CA:
"Jag tyckte att historien var spännande och njöt
av att läsa boken till slutet."

"Lätt att läsa, snabbt tempo och har en
intressant premiss."

FRÅN IN:
"En välskriven och underhållande thriller."

INNEHÅLL

För barnen.

DIKT

DEN PAPPER DOLL
Copyright © 2013 Cathy McGough

Pappersdockan är intrasslad i vindens virvlar

Tömd på känslor snurrar och snurrar hon

Runt och runt, ballerinaliknande piruetter

Hon minns tillbaka på livets misslyckanden och ånger.

Hon försöker frenetiskt ta sig ur dess klor

I hennes öron viskar vinden om våldtäkt.

Pappersdockan slits från lem till lem

Bara ett minne av vad som kunde ha varit.

Hon känner ingen smärta för hon är bara ett barn

Hon känner ingenting.

Hör barnens skrik när de vänder och vrider sig

I drömmarna av deras sömn

Skydda dem från livets virvelvindar.

Spring, barn spring,

Det finns inga kedjor som binder er längre.

Skydda dem från livets virvelvindar.

Kapitel 1

BENJAMIN

Sjuttonårige Benjamin var en samvetsgrann medarbetare. Särskilt sedan han hoppade av gymnasiet. Två gånger om dagen, sex dagar i veckan, besökte han banken. På morgonen för att hämta kontanter. På eftermiddagen för att sätta in dagens vinst. Att gå dit och tillbaka var händelselöst: tills just den här morgonen.

Det som fångade hans uppmärksamhet var en kvinna. Med sina höga klackar stod hon ut som en skyltdocka på en strand. Guldtaggarna på hennes handväska och solglasögon reflekterade ljuset så att det studsade och rörde sig som eldflugor. Över axeln på hennes ärmlösa svarta klänning hängde en röd scarf.

Benjamins ögon följde halsduken tills den nådde slutet av kvinnans utsträckta arm. Vid den hängde en liten flicka som kämpade för att hänga med. Barnets arm, kanske sju år gammal, sträckte sig också bakåt. Det fanns en sak: en gänglig docka i naturlig storlek. Han gjorde en dubbel tagning eftersom dockans ansikte och barnets ansikte var karbonkopior. Sedan lade han märke till att dockans utsträckta arm också sträckte sig bakåt - mot ingenting och ingen. Tingens gängliga ben och skor skrapade längs trottoaren och föll efter.

Nyfiken följde han den märkliga trion när de svängde runt hörnet mot strandpromenaden vid Lake Ontario.

Kvinnan stannade, tog den motvillige följaren i armen och ökade sedan takten. Den lilla snubblade till marken utan att släppa taget om sin dockas hand. Hon klättrade upp på fötterna bara för att få en örfil på kinden. En örfil vars ljud fick honom att krypa ihop eftersom det tycktes eka.

Kvinnan gick snabbt därifrån när bebisens pip förvandlades till ett skrik. Hon lutade sig tillbaka och viskade i barnets öra: resultatet var tysta tårar.

Han satte fingret på larmnumret 911 och bedömde situationen. Om han hade varit en vuxen man skulle han ha skällt ut henne. Istället fortsatte han att skugga dem. Tittade på. Han höll jämna steg med sig själv och undrade varför de hade så bråttom.

Dockan som hoppade efter med ett tandlöst leende gav honom kalla kårar, så han gick över till andra sidan vägen. Han fortsatte att observera den märkliga trion. Speciellt hur kvinnans röda scarf kontrasterade mot hennes korpsvarta hår och klänning. Hon verkade helt malplacerad, som om hon var på väg till en tidningsfotografering med två barn i släptåg.

Vänta lite nu. Den här typen av docka såg bekant ut. Hans chef, Abe, beställde ibland liknande dockor genom sin butik. Vanligtvis under månaderna fram till jul.

Dockorna designades och skickades från Europa. Varje beställning krävde ett foto av barnet. Detta för att återge hudfärg, hårfärg och ögonfärg. Detaljer som längd, vikt och skostorlek registrerades på baksidan av fotot.

Det var då han märkte varför den lilla flickan kämpade. På fötterna hade hon glittrande sandaler med en rem runt vristen. Som sandaler var de vackra, men olämpliga för snabba promenader. För hennes tvilling var sandalerna inget problem eftersom dockan drogs längs trottoaren.

När de kom fram till den första parkbänken hade kvinnan lugnat ner sig. Hon skrattade när hon hjälpte den lilla att ta av sig sin ryggsäck. Sedan såg hon till att hon satt bekvämt innan hon tog hand om dockan. Hon böjde dockans ben och satte den i sittande ställning.

Han gick närmare och tog bilder av vattnet tills hans telefon vibrerade. Det var Abe som ville kolla till honom.

"Var är du?" Abe hade skickat ett sms. Abe var Benjamins chef och hyresvärd. Abe var en hejare på rutiner.

"Ställ in, B tillbaka ASAP", skrev pojken.

Abes svar var en emoji med tummen upp.

Kvinnan gick ner på knä så att hon var öga mot öga med barnet.

Tonåringen tog en panoramabild av Lake Ontarios skyline från CN Tower till Burlington.

"Älskling, jag glömde min plånbok", sa hon och klappade barnets hand. "Jag kommer strax tillbaka, jag lovar."

Barnet var fortfarande tyst och pillade på sina sandaler.

"Har du ont i fötterna, älskling? Jag är ledsen att vi var tvungna att skynda oss. Du kan vila här, så mår du bra när jag kommer tillbaka och hämtar dig. Vänta bara här, okej?"

Barnet nickade och släppte ner benen. Hon kunde inte röra marken utan stod stilla.

"När jag är borta får du inte flytta dig från den här bänken." Hon såg sig omkring. "Och prata inte med någon. Kom ihåg att vi har ett hemligt ord. Vet du vad det är? Shh, berätta inte för mig. Du minns det, ja?"

"Tänk om jag måste," viskade barnet, "kissa?"

"Vänta tills jag kommer tillbaka. Jag kommer inte att vara borta länge. Ju fortare jag går, desto fortare kommer jag tillbaka." Hon ställde sig upp och rätade på ryggen.

Den lilla tog tag i hennes arm: "Du kommer väl inte att glömma mig, mamma? Som förra gången?"

Kvinnan suckade och viskade.

"Älskling." Hon klappade sin dotters hand. "Jag hämtade dig från skolan i tid nittionio gånger och du minns alltid den enda gången jag var sen." Hon tog ett djupt andetag och gick sedan tillbaka.

"Förlåt, mamma."

Tonåringen satt på en bänk i närheten och bläddrade igenom de foton han hade tagit. Han tittade upp när kvinnan vände sig om. Hennes ansiktsuttryck verkade mer barnsligt nu, med hakan framåtskjuten.

"Den här gången vet jag vägen hem", sa dottern med ett leende.

Kvinnan andades ut, vände sig om och kramade om sin dotter. "Jag måste gå nu, älskling."

"Jag är ingen bebis."

"Jag vet att du inte är det. Vänta här, vänta på mig. Jag kommer tillbaka. Korsa mitt hjärta." Hon mimade hjärtkorset och gick sedan därifrån.

"Vi ses snart, mamma", sa barnet. Hon böjde på nacken och såg klyftan växa mellan sig själv och sin mamma.

Tonåringen tittade på med tårfyllda ögon. Hon var en bra mamma trots allt, eller bättre än han trodde att hon var.

Mamman vände sig om och gav sin lilla flicka en kyss och fortsatte sedan att gå.

Hans telefon vibrerade igen. Abe. Han var tvungen att ta sig till banken.

Barnet öppnade sin ryggsäck, tog fram en bok och började läsa. I en minut eller två tittade han på henne. Det var gulligt, hur hon rörde på läpparna för att ljuda fram orden.

Han tittade på sin klocka. Han var nu mer övertygad om att hennes mamma skulle komma tillbaka som utlovat och gick till banken.

Det var det enda sättet att hindra Abe från att komma och leta efter honom. Om Abe var tvungen att komma ut ur affären för att leta efter honom....

Han ville inte tänka på det.

Kapitel 2

JENNIFER WALKER

När hon var några meter bort kastade Jennifer en blick tillbaka på sin dotter som satt kvar på bänken. Hon hatade att lämna henne ensam där, men vad hade hon för val efter vad hon hade gjort? Hon öppnade telefonkameran och tog ett foto av sin dotter. Bilden visade hennes lilla flicka inramad av den blåaste himlen och det ännu blåare vattnet i Lake Ontario. När dottern inte rörde sig vände hon sig i samma riktning som de hade kommit ifrån.

När hon gick tillbaka tänkte hon på sin partner Mark Wheeler. Hon hade gått ut med honom ett tag, trots att hon visste att han redan var gift.

För det mesta, åtminstone när de var ute bland folk eller när hennes dotter var i närheten, var han snäll och försiktig.

Men det fanns en annan sida av honom när de var ensamma med sex på menyn. Det är sant att hon ibland njöt av bondage, till och med lite erotisk smisk. Men den erotiska kvävningen tog saker för långt. Känslan av att gå under vattnet, ner, ner, ner. Kippa efter andan som om du aldrig skulle hitta den igen var en som skrämde henne. Så den här gången satte hon ner foten och vägrade att göra det. Mark gick vidare och gjorde det mot sig själv medan hon gick för att ta en dusch. När hon kom tillbaka var han död. Hon hade varit för rädd för att ens ta bort plastpåsen från hans huvud. Istället gick hon till sin dotters rum och tillbringade natten där och tidigt på morgonen lämnade de huset.

Hennes telefon ringde, det var äntligen han. "Du måste hjälpa mig", sa hon. "Jag har ingen annanstans att ta vägen."

"Är det Mark?" frågade hennes vän, tillika Marks chaufför Poncho.

Hon snyftade. "Ja."

"Okej, jag kommer strax. Jag är ungefär femton minuter bort. Håll ut."

För att distrahera sig själv dök ett minne av Katie som nyfödd upp i hennes sinne när hon återupplevde den första gången hon höll henne. Hennes dotter var den minsta, mjukaste och vackraste lilla ängel hon någonsin hade sett. Hon växte upp så fort. Jennifer hatade att lämna sin dotter ensam vid vattnet, men de var tvungna att göra sig av med kroppen. Särskilt med tanke på Marks kopplingar till samhället och till drogvärlden. Även om hon berättade sanningen för dem skulle de aldrig tro henne. Marks pappa hade massor av pengar - och hon kunde inte riskera att hamna i fängelse. Vad skulle hända med hennes barn?

Hon skrattade och tänkte på hur många gånger hon anklagat sin mamma för att göra dumma saker för män som inte var värda det. Hon tittade upp mot himlen: "Mamma, jag är ledsen att det jag gjorde fick priset." Historien upprepade sig alltid. Att veta detta fick henne inte att må bättre.

Sluta plåga dig själv, din dumma dåre, tänkte hon. Hon skulle gå tillbaka till Katie innan hon visste ordet av. Dessutom hade hennes dotter en bok i sin ryggsäck. Dockan, som de kallade Katie Jr. medan hennes dotter försökte komma på vad den skulle heta, gav henne kalla kårar. Han hade gett den till henne. Hon skulle ge henne en ny docka och slänga den i soptunnan.

Jennifer var nästan hemma och såg en vit skåpbil som väntade på uppfarten. Poncho körde in bilen i garaget och stängde det. Hon gick in genom ytterdörren och släppte in Poncho i hopp om att hennes nyfikna granne på andra sidan gatan var upptagen.

Kapitel 3

KATIE

När hon var några meter bort kastade Jennifer en blick tillbaka på sin dotter som satt kvar på bänken. Hon hatade att lämna henne ensam där, men vad hade hon för val efter vad hon hade gjort? Hon öppnade telefonkameran och tog ett foto av sin dotter. Bilden visade hennes lilla flicka inramad av den blåaste himlen och det ännu blåare vattnet i Lake Ontario. När dottern inte rörde sig vände hon sig i samma riktning som de hade kommit ifrån.

När hon gick tillbaka tänkte hon på sin partner Mark Wheeler. Hon hade gått ut med honom ett tag, trots att hon visste att han redan var gift.

För det mesta, åtminstone när de var ute bland folk eller när hennes dotter var i närheten, var han snäll och försiktig.

Men det fanns en annan sida av honom när de var ensamma med sex på menyn. Det är sant att hon ibland njöt av bondage, till och med lite erotisk smisk. Men den erotiska kvävningen tog saker för långt. Känslan av att gå under vattnet, ner, ner, ner. Kippa efter andan som om du aldrig skulle hitta den igen var en som skrämde henne. Så den här gången satte hon ner foten och vägrade att göra det. Mark gick vidare och gjorde det mot sig själv medan hon gick för att ta en dusch. När hon kom tillbaka var han död. Hon hade varit för rädd för att ens ta bort plastpåsen från hans huvud. Istället gick hon till sin dotters rum och tillbringade natten där och tidigt på morgonen lämnade de huset.

Hennes telefon ringde, det var äntligen han. "Du måste hjälpa mig", sa hon. "Jag har ingen annanstans att ta vägen."

"Är det Mark?" frågade hennes vän, tillika Marks chaufför Poncho.

Hon snyftade. "Ja."

"Okej, jag kommer strax. Jag är ungefär femton minuter bort. Håll ut."

För att distrahera sig själv dök ett minne av Katie som nyfödd upp i hennes sinne när hon återupplevde den första gången hon höll henne. Hennes dotter var den minsta, mjukaste och vackraste lilla ängel hon någonsin hade sett. Hon växte upp så fort. Jennifer hatade att lämna sin dotter ensam vid vattnet, men de var tvungna att göra sig av med kroppen. Särskilt med tanke på Marks kopplingar till samhället och till drogvärlden. Även om hon berättade sanningen för dem skulle de aldrig tro henne. Marks pappa hade massor av pengar - och hon kunde inte riskera att hamna i fängelse. Vad skulle hända med hennes barn?

Hon skrattade och tänkte på hur många gånger hon anklagat sin mamma för att göra dumma saker för män som inte var värda det. Hon tittade upp mot himlen: "Mamma, jag är ledsen att det jag gjorde fick priset." Historien upprepade sig alltid. Att veta detta fick henne inte att må bättre.

Sluta plåga dig själv, din dumma dåre, tänkte hon. Hon skulle gå tillbaka till Katie innan hon visste ordet av. Dessutom hade hennes dotter en bok i sin ryggsäck. Dockan, som de kallade Katie Jr. medan hennes dotter försökte komma på vad den skulle heta, gav henne kalla kårar. Han hade gett den till henne. Hon skulle ge henne en ny docka och slänga den i soptunnan.

Jennifer var nästan hemma och såg en vit skåpbil som väntade på uppfarten. Poncho körde in bilen i garaget och stängde det. Hon gick in genom ytterdörren och släppte in Poncho i hopp om att hennes nyfikna granne på andra sidan gatan var upptagen.

Kapitel 4

BENJAMIN

D ET VAR SEN EFTERMIDDAG och Benjamin var på väg till banken. Han kastade en blick i riktning mot vattnet: barnet var fortfarande där! Han hade haft rätt i sin första magkänsla - hennes mamma var en skamlig förälder. Att lämna en liten flicka ensam vid vattnet hela dagen var att överge henne.

Han skyndade vidare till banken. Han var tvungen att göra sig av med dagens intäkter innan banken stängde. Istället för att riskera att vänta satte han in pengarna i bankomaten och återvände sedan för att titta till den lilla flickan.

Abe hade redan messat honom två gånger och frågat var du är.

Först hade han tyckt att det var spännande att introducera Abe till tekniken, men nu var det en plåga. Inte för att Abe misstrodde Benjamin. Faktum är att mannen och hans fru var Benjamins juridiska förmyndare. Även om Abe var i folkbranschen och sålde varor till allmänheten, var han inte en folklig person.

"Behöver 2 t/c av något 1st", svarade tonåringen.

"Okie, dokie", svarade Abe. "Måste kalla ut frugan ur köket för att hjälpa till!"

Han skrattade innan han skickade en lämplig emoji när han gick tillbaka för att titta till den lilla flickan.

Kapitel 5

KATIE

KATIE SATT KVAR PÅ parkbänken. Vid horisonten kunde hon se att solen var på väg ner. Det började bli sent. Hennes mamma hade glömt henne - igen. Barnet var kissnödigt och funderade på att gå hem. Hon visste vägen men hade ingen nyckel. Hon önskade att hon hade tagit på sig sina löparskor, eller mindre klumpiga sandaler.

Hon ville inte vara ute när det blev mörkt. Ännu föreställde hon sig skuggor runt omkring sig, skapade av molnreflexer. När en kråka kraxade hoppade hon till och skakade. En nyckelpiga kröp upp på hennes ben och klänningen. Hon lyfte den till sitt finger och lät den vandra uppför armen tills den lämnade ett gult streck efter sig.

"Det är okej", viskade hon till insekten, "alla kissar." Hon satte ner den vackra röda insekten på bänken och den flög iväg.

Hennes mage kurrade och hon fumlade i sin väska och tog fram en smält mini-Kit-Kat. Det smakade så gott, men hon önskade verkligen att det inte var en mini och hoppades att hennes mamma snart skulle komma tillbaka.

Barnet låtsades mata dockan och återgick sedan till att läsa.

Hon hade läst boken så många gånger att hennes tankar gick tillbaka till tidigare på dagen när hennes mamma berättade för henne att hon inte skulle gå till skolan idag.

"Varför?" frågade hon. "Jag vill gå till skolan."

"Idag ska vi gå till vattnet. Vi ska titta på fåglarna, lyssna på vågorna, och senare ska vi gå till kaféet och köpa babychinos."

"Jag är ingen bebis längre", protesterade Katie.

"Jag vet att du inte är det, men älskar du inte fortfarande Baby Chinos?"

Den lilla flickan stack ut hakan och tänkte på Baby Chinos. Hon var en stor flicka nu, och när hennes mamma kom för att hämta henne skulle hon beställa en extra stor jordgubbsmilkshake istället.

"Det ska bli så roligt!" ekade hennes mammas röst i hennes öron.

"Så roligt", upprepade barnet. Sedan kom hon att tänka på något annat: "Får jag ta med henne?" hade Katie frågat. Detta var en hänvisning till hennes docka.

"Ja, det får du, så länge du bär henne hela vägen dit och hela vägen tillbaka. Och kom ihåg att du ska ha din ryggsäck på dig också."

"Okej mamma, det ska jag." Katie förde armarna genom ryggsäckens remmar och lindade armarna runt dockans midja.

Ovanför henne tutade en V-formad grupp kanadagäss sig fram över himlen. Hon märkte att solen hade gått ner lite mer. Hon darrade till och tog dockans hand i sin egen när fotsteg närmade sig. De tillhörde en person som när hon såg honom insåg att han inte var en pojke eller en man - han var någonstans mittemellan.

Hon lade armarna om sig själv. Solen sjönk allt längre ner och hon önskade att hon hade en tröja eller en kappa. Hon såg att pojken/mannen inte hade någotdera. Hans svarta t-shirt hade en sten på framsidan och under den stod det ZOOM! vilket påminde henne om TV-programmet med samma namn. Pojken/mannen hade en gyllene solbränna i ansiktet och på armarna. Han hade svarta jeans och löparskor.

Mörkret var på väg och hon ville att hennes mamma skulle komma tillbaka och ta med henne hem igen. Tills dess önskade hon att pojken/mannen skulle säga något, vad som helst till henne.

Även om hon inte skulle prata med främlingar, skulle ljudet av någon annans röst trösta henne när hon kände sig så här. Men pojken/mannen hade troligen fått höra samma sak - prata inte med främlingar.

Den andra saken var att om han pratade med henne skulle hon förmodligen gråta. Hon ville inte att han skulle tro att hon var en bebis, för då skulle han ringa polisen och få reda på att det inte var första gången som hennes mamma hade glömt att hämta henne.

Hon tog upp sin bok och använde den som en vägg så att pojken/mannen inte skulle se hennes fallande tårar.

Kapitel 6

BENJAMIN

Han gick förbi för att se om hon skulle prata med honom, hon hade inte sagt ett ord, men hon såg så ledsen ut, sedan gömde hon sig bakom sin bok. Han fortsatte att gå och gömde sig sedan i buskarna bakom henne så att han kunde hålla ett öga på henne utan att hon visste om det.

Han kom ihåg en gång när han och de andra barnen lekte ute och en man hade gått förbi. Han stannade och pratade med en av flickorna, kom sedan tillbaka i sin bil och försökte locka in henne. Benjamin sprang och berättade för sina fosterföräldrar vad som hänt. Han memorerade till och med registreringsnumret så att de kunde rapportera det till polisen.

Det var en av de få gånger de hade lyssnat på honom och han och de andra barnen förbjöds att leka på gården.

Den lilla flickan befann sig i en fruktansvärd situation och snart skulle det bli ännu värre när det blev helt mörkt. Det fanns visserligen en gatlykta nära bänken, men den gjorde henne ännu mer sårbar. Hon var lika iögonfallande som en fyr i en storm.

Han strök handen mot den vintergröna busken. Den söta doften av jul väckte minnen från svunna tider. Som den första julen hemma hos Abe och El. De hade gett honom fler julklappar än han hade fått under alla sina jular tillsammans.

Han skakade på huvudet och undrade om han skulle ringa polisen? Nej, han skulle vänta lite till. Han ville ha fel. Han ville att hennes mamma skulle komma tillbaka och hämta henne. Han bestämde sig för att ge henne lite mer tid.

Han delade grenarna, deras repiga nålar fick honom att klia.

Benjamins mamma och pappa skulle aldrig ha lämnat honom ensam så här. Inte med flit. De dog när han var liten, gjorde honom föräldralös - utan att det var deras fel. Olyckor hände, ja, han kände till olyckor. En olycka skulle förklara allt.

Den lilla flickan var kall och hon huttrade när solen sjönk allt lägre i horisonten.

Han hade ingen rock att erbjuda henne, allt han hade att erbjuda var ett vänligt ansikte, men först behövde han tänka ut en plan A. Och när han hade det fast placerat i sitt sinne, behövde han en plan B.

Hon satte sig på huk bakom buskarna för att tänka.

Kapitel 7

KATIE

WHOOSH, WHOOSH, HÖRDE HON när vinden kittlade träden och dag blev till natt. Hon hörde ljud bakom sig, men vågade inte vända sig om. Istället tog hon tag i dockans andra hand och höll dem båda mot sitt bröst.

Hon mindes en gång när hennes mamma hade bestämt sig för att lära henne en läxa. De hade varit på bio. Hon sa att hon skulle köpa mer popcorn.

"Prata inte med någon och vänd dig inte om."

"Okej, mamma."

Vad Katie inte visste var att hennes mamma tittade på henne från den bakre raden. Hon och en annan man, inte Mark, väntade tills hon vände sig om.

"Ha!" skällde hennes mamma.

"Ah, låt henne vara", hade hennes mammas dejt sagt när Katie började gråta.

Senare lämnade han teatern och de var tvungna att ta en taxi hem.

Katies mamma lovade att aldrig spela det spelet igen. Hon slog armarna om sig själv.

Kapitel 8

BENJAMIN

EFTER ATT HA ARBETAT fram plan A och B i huvudet funderade han på vad han skulle säga. "Allt kommer att bli bra", viskade han för sig själv. Nej, det lät fånigt. "Jag ska ta dig till en säker plats", viskade han, skulle det skrämma henne? Han var ju trots allt en främling. Det var en knepig situation och han ville inte säga fel sak.

Samtidigt var han tvungen att tänka på sin egen säkerhet också. Han var en tonåring, ute sent, i en allmän park. Han vaktade en liten flicka och såg till att hon inte råkade illa ut. För andra kunde hans närvaro misstolkas.

För att inte tala om att pojkar som är ensamma på offentliga platser kan hamna i alla möjliga situationer. Speciellt om ett gäng pojkar kom och ville hoppa på honom eller bråka.

En gång för länge sedan hade han blivit jagad av en sådan mobb - och bara kommit undan för att han sprang snabbare. Bara att tänka på det nu väckte alla fasor till liv. Han slog armarna om sig själv.

Han satte en tidsgräns. "Om ingen kommer och hämtar henne inom trettio minuter", viskade han, "då ska jag tala med henne.

När trettio minuter hade gått gick han igenom planerna. Plan A, han skulle erbjuda sig att hjälpa henne genom att följa henne hem. Plan B, om hon inte visste sin adress skulle han erbjuda sig att ta henne till polisstationen. Hur som helst skulle han inte lämna hamnen förrän det stackars lilla övergivna barnet var i säkerhet någonstans.

Kapitel 9

KATIE

HON SATTE SIG RAKT upp, varsebliven av fotsteg på avstånd. Höga klackar. Hennes hjärta svällde. Hennes mamma kom äntligen tillbaka för att hämta henne!

Hon lyfte dockan och tittade upp mot gatlyktan ovanför henne. Hon föreställde sig att ljuset strömmade ner och värmde henne. Hon önskade att hon hade tänkt på det tidigare, för hon frös inte längre. Fantasi var något magiskt, man kunde alltid tänka bort dåliga saker.

Hon mindes de andra gångerna när hennes mamma hade lämnat henne. En gång hade hon varit det enda barnet som var kvar i skolan när dagen var slut. En av lärarna märkte det och tog med henne till rektorn som om hon själv hade gjort något fel. Det hade hon inte.

När hennes mamma senare kom för att hämta henne blev rektorn irriterad.

Vid andra tillfällen hade hennes mamma lämnat henne under längre perioder hos personer som hon kände. Den här gången var det annorlunda. Hon var helt ensam.

De höga klackarna klickade närmare.

Kapitel 10

BENJAMIN OCH KATIE

Benjamin prasslade i den vintergröna busken och iakttog den lilla flickan. För honom var hon som en lillasyster, även om de inte hade träffats tidigare. Han var klokare än sin ålder. I fostersystemet var han tvungen att skydda andra. En eller två gånger var han tvungen att utsätta sig för risker eftersom ingen ville lyssna. Han tittade på sin telefon och tog ett djupt andetag. Den andra trettiominutersperioden var över. Sedan skulle han gå till henne.

Klackarna klickade mot trottoaren.

Han stack ut huvudet ur buskarna och viftade bort en gren. Han ville se den efterlängtade lyckliga återföreningen. Den här kvinnan var inte mamman. Hon fortsatte att gå.

Han suckade.

Tills kvinnan vände tillbaka och närmade sig den lilla flickan på bänken. Hon böjde sig ner och viskade något.

"Jag är ledsen, men jag får inte prata med främlingar", sa Katie och lutade sig tillbaka.

Kvinnan luktade som om hon hade badat i det stinkande rödvin som mamma och Mark drack i fina glas. Hon använde fingrarna för att hålla för näsan.

"Jag heter Jenny", sa hon. "Vad heter du?"

Hon talade inte, utan fortsatte att hålla för näsan för att avvärja lukten.

"Du är för ung för att vara här ute helt ensam. Var är dina föräldrar?" Kvinnan såg sig omkring och viskade: "Kom igen och säg vad du heter, så är vi inte främlingar längre."

Benjamin hörde ingenting, förrän kvinnan sa: "Upp med dig!"

Och i ett nafs var han där, som om en granat hade släppts.

Kvinnan som hette Jenny sträckte ut sin hand och försökte tvinga Katie att ta den, men hon höll fortfarande hårt i sin näsa med ena handen och i sin docka med den andra.

"Där är du ju!" sa han och viftade med pekfingret mot henne. "Jag sa åt dig att räkna till tio och sedan komma och hitta mig!"

"Jag", sa hon, "jag är ledsen."

"Tut", sa kvinnan som hette Jenny, medan hon rotade i sin handväska och tog fram sin telefon. Hon satte den mot örat, började prata och gick därifrån. I mörkret ekade ljudet av hennes skor som klickade.

"Är det okej om jag väntar här med dig?" frågade han. Hon nickade och han satte sig på bänken bredvid henne. När

klackarna inte längre hördes sade han: "PU, nu vet jag varför du höll för näsan!"

"Det luktar illa, men det smakar ännu värre."

"Har du smakat vin?" frågade han.

"En gång, det är en hemlighet. Mamma vet inte om det."

"Din hemlighet är säker hos mig", sa han. "Vill du att jag ska följa dig hem?"

"Jag väntar på min mamma. Hon kommer snart och hämtar mig." Hennes röst vacklade och hon tittade på sina fötter.

"Finns det någon jag kan ringa för att hämta dig? Någon överhuvudtaget?"

"Nej. Mamma kommer alltid."

"Då har du väl inget emot att jag väntar här med dig?"

"Skyll dig själv", sa Katie.

Trion satte sig tillsammans på parkbänken. En blond liten flicka med en likadan docka och en mörkhårig tonåring.

"Vad heter du?" frågade hon. "Jag heter Katie."

"Jag heter Benjamin, men du kan kalla mig Benji om du vill."

"Jag såg en film en gång med en liten hund som hette Benji. Han såg ovårdad ut, precis som du."

Han borstade håret med fingrarna.

"Åh, det var inte meningen", sa hon. "Jag menar, du ser inte så risig ut."

Han skrattade och det gjorde hon också. En stund lyssnade de på vågorna som slog mot klipporna och tittade på stjärnorna som dansade på himlen ovanför dem.

Hon darrade till.

"Åh, vad kall du är. Jag önskar att jag hade en kappa att ge dig."

"Det spelar ingen roll, det är tanken som räknas."

"Du har rätt, det är tanken. men det är också handlingarna och avsikterna bakom de tankar som inspirerade dem. Vad jag menar är att följa upp. Förstår du vad jag menar?" Hon nickade.

De satt tysta tillsammans en liten stund innan Benjamin talade igen.

"Visste du att du kan tänka tvärtom mot hur du känner och förändra allt?"

"Jag vet att fantasi är makt", sa hon med ett höjt ögonbryn. "Men hur då?"

"Jaså, du är skeptiker?"

"Är jag?" tvekade hon. "Vad är jag?"

"En skeptiker är en person som inte tror på vad hon har hört - om hon inte har bevis. Vill du att jag ska visa dig hur du kan förändra allt?"

Hon flinade, "Ja, tack!"

Han började: "När jag fryser sjunger jag en sång i mitt huvud som är motsatsen till att frysa..."

"Menar du varm?"

Han nickade.

"Jag känner inte till några varma sånger."

"Om du inte känner till en varm sång, hittar du på en så här:

Det är löjligt varmt ute idag,

Min glass smälter.

När solen skiner ner

När solen skiner ner på mig.

Chokladen när den smälter.

Smakar ännu bättre

När solen skiner ner

När solen skiner så varmt."

"Jag kan melodin, men den har andra ord", sa hon.

"Ah, du insåg att jag sjöng mina ord till Frère Jacques."

"Det var väldigt smart", sa hon.

"Känner du dig varmare nu?"

Hon hade slutat skaka och gåshuden på armarna hade försvunnit. "Det fungerar!"

De fortsatte att sjunga sången tillsammans, till tonerna av Frère Jacques. Snart började de båda känna sig hungriga av att sjunga om mat.

"Kan du vissla?" frågade han.

Hon tittade på sina fötter. "Nej, men jag behöver inte veta hur - inte om jag kan orden."

"Det är sant", sa han.

De återgick till att titta upp mot himlen. När hon hittade mannen i månen låtsades hon att hon

bröt av en bit ost från hans ansikte. Hon erbjöd Benji en bit först.

"Det här är den godaste ost jag någonsin har smakat."

Hon tog en tugga till, "Jag är så mätt", utbrast hon med en suck."

De var tysta en liten stund.

"Hur långt bort bor du?"

"Det är inte långt, men med de här sandalerna på - de nyper - skulle det verka så. Dessutom har jag ingen nyckel."

"Åh, ja, jag ser att dina vrister ser röda ut."

"Dessutom har min mamma sagt åt mig att inte röra mig från den här platsen."

Han korsade armarna. "Okej, vi väntar, men det är inte säkert för oss att stanna här mycket längre."

"Din mamma och pappa då?" frågade hon, som nu började känna kylan igen och sjöng solskenssången i sitt huvud.

"De är i himlen."

"Jag är ledsen", sa hon och klappade hans hand.

"Det är okej, det hände för flera år sedan." Han var tyst och sjöng den soliga sången i sitt huvud. "Jag har en idé. Du kan komma hem till mig. Du kan sova i sängen och jag i den stora sköna fåtöljen. Vi kan komma tillbaka på morgonen och vänta på din mamma då."

"När min mamma kommer tillbaka, om jag har rört mig en tum - hon kommer att vara arg."

"Jag ska förklara allt. Hon skulle vilja ha dig på en säker plats. Du kommer att vara säker hos mig."

"Åh", sa hon och såg sig omkring. "Det är mörkt."

"Ja, och när det är sent och mörkt - ja, då kan man vara på fel plats vid fel tidpunkt. Hemska saker kan hända."

Hon korsade armarna och kände sig nu kall igen.

"Jag vill inte skrämma dig, men jag tror att jag ska ta med dig hem. Din mamma kanske redan är där och väntar."

"Jag tror inte det, men..."

"Det är värt ett försök", sa han. "Låt oss se vad din docka tycker." Han tog några steg och lutade sig fram, som om dockan viskade i hans öra. "Åh ja", sa han. "Jag vet, men din väns mamma skulle säkert förstå. Hmm. Ja."

"Vad säger hon?"

"Hon vill också åka hem. Det har varit en hemskt lång dag." Sedan till dockan: "Men Katies fötter gör verkligen ont, vi måste lämna dig här så att jag kan ta henne hem."

"Vi kan inte lämna henne här. Hon är min bästa vän."

"Och en bra vän är hon, som håller dig sällskap här hela dagen."

Han tittade på sin telefon, batteriet skulle ta slut snart. Han kunde inte bära henne och dockan på ryggen. Skulle han ringa 911 och be polisen komma och hämta henne? Att gå till polisstationen var ett alternativ, men det var en bra bit bort.

"Vet du vägen till ditt hus?"

"Jag tror det."

"Okej, Katie, då föreslår jag Plan A."

"Vad är plan A?"

"Plan A är att jag kör dig hem, så att du inte behöver gå och skada dina fötter ännu mer. Om din mamma är hemma kommer jag tillbaka och hämtar din docka till dig. Låter det okej för dig?"

"Ja, jag gillar plan A."

"Nu till plan B", sa han. "Om du har en plan A bör du alltid ha en plan B också."

Hon korsade armarna och nickade.

"Plan B, bara om din mamma inte är hemma, kan gå åt både det ena och det andra hållet."

"Vilket sätt kommer jag att gilla bäst?" frågade hon och väntade sedan på att han skulle svara.

Han övervägde alternativen. Skulle han ringa polisen eller ta med henne hem och komma tillbaka på morgonen? Han förklarade.

"Hur som helst måste jag lämna min docka här, eller hur?"

"Vad sägs om att vi gömmer henne där borta i den vintergröna busken? Det blir som om hon väntar på dig under julgranen! Sedan kan vi komma tillbaka på morgonen och hämta henne. Hon kommer att lukta jul och hon kan berätta allt om sitt äventyr."

Hon lutade sig fram och dockan viskade något. "Okej", sa hon.

En del av honom hoppades att hennes mamma skulle komma hem. Den andra oroade sig för att lämna henne med en

mamma som inte brydde sig om att hämta henne. Han hörde Els röst i sitt huvud. "Döm inte", hade hon sagt. Som alltid skulle El - hoppades han - få rätt.

El var gift med Abe. De var hans juridiska förmyndare, hans hyresvärdar och hans arbetsgivare. Sedan han hoppade av gymnasiet tillbringade han större delen av sin tid med dem och visste att de skulle förstå - och vilja hjälpa till.

Benjamin svepte ner armen och bugade för henne. "Min dam, är du redo att transporteras hem?"

"Jag glömde något", sa hon med en plutande läpp.

Han höjde på ögonbrynen, "Vad glömde du?"

"Jag får inte prata med främlingar."

"Ja, men vi är inte längre främlingar. Du vet vad jag heter och jag vet vad du heter, och jag är glad att kunna erbjuda dig transport tillbaka till ditt enkla hem." Han gick ner på ett knä.

"Res dig upp!" befallde hon fnittrande när hon ställde sig på bänken. Benji vände sig om och hon slängde armarna om hans hals och snart var de iväg.

"Vänta lite", kommenderade hon och pekade på dockan.

"Hoppsan", sa Benji och plockade upp dockan. Han gömde den under de vintergröna buskarna.

"Du har rätt", sa Katie. "Det luktar verkligen jul här."

"Är du redo att åka nu?"

När hon hade berättat vad det var skrev Benjamin in Katies adress i sin telefon.

Hon fnissade. "Får jag ställa en fråga till dig?"

"Nej, gör det bara."

"Det är personligt, om din mamma och pappa."

"Det gör inget, det hände för länge sedan. Fråga på bara."

"Mamma säger alltid att jag inte ska bli för personlig."

"Det är okej för mig."

"Pratar du med dem?"

Han blev förvånad. Ingen hade någonsin ställt den frågan till honom. "Nej", svarade han.

"Aldrig, någonsin?"

"Nej."

"Vänd här igen." Han vände sig om. "Tror du inte att de känner sig ensamma utan dig?"

"Jag", han visste inte hur han skulle svara så han svarade inte på några minuter. "De lämnade mig ensam. Det var en olycka, men..."

"Pratar du inte med dem för att du tror att olyckan var deras fel?" Hon höll fast honom hårdare och vilade huvudet mot hans axel.

"Jag är inte arg på dem. De lämnade mig inte med flit, men ja, jag är arg."

"På Gud?"

"Jag var arg på alla, sedan träffade jag Julius. De tog hand om mig och gav mig ett hem. De hjälpte mig att bygga ett nytt liv. Att bli en del av en familj igen. De sa till och med att det var okej att gråta. Som pojke var jag inte van vid att det var okej. Du är en liten flicka, så jag borde inte lägga mina problem på dig. Jag tycker att vi ska prata om något annat."

Den lilla ängeln sa ingenting på några minuter. Hon sov så gott hon kunde.

Han upptäckte snart att hon hade rätt om avståndet. Det hade inte alls varit för långt.

Det första han lade märke till var att hennes hus låg i totalt mörker. Han hade hoppats att åtminstone få se verandalampan tänd för att välkomna barnet hem. Istället var det också kolsvart och han hade svårt

att hitta dörrklockan. Han ringde på några gånger men fick som väntat inget svar.

Han tog ett steg tillbaka och lät blicken glida över de omgivande husen på båda sidor av gatan. Även de var försänkta i mörker, men för en sekund tyckte han sig se en gardin röra sig på översta våningen i huset på andra sidan gatan. Eftersom han inte hade något annat val gick han tillbaka samma väg som han kommit.

Lilla Katie var inte tung, men hon skulle bli tyngre med tiden och det var fortfarande en lång promenad att ta sig hem till honom. Han var dock superglad att han inte hade gått med på att släpa med sig dockan. Han hoppades att den skulle vara tillräckligt säker där den var.

Hon lyfte på huvudet, "Har du märkt det?"

"Vadå?"

"Ibland flyttar sig gardinen över gatan. Mamma säger att vi har en nyfiken granne."

"Åh, jag har inte märkt något. Men är de trevliga grannar?"

"Det vet jag inte. Mamma säger alltid att jag inte ska prata med främlingar."

"Även dina grannar?"

"Ja, särskilt våra nyfikna grannar."

"Okej, Katie, jag tror att vi är inne på plan B nu."

Hon gäspade. "Plan B."

"Ja, m'lady", sa han och ökade takten. Hon snarkade på hans axel när en siren ljöd. Han blundade när vinden piskade upp damm och pappersbitar. En hund skällde på avstånd.

Hon lyfte på huvudet när de kom fram till Julius ytterdörr. "Vi är här", sa han, "men shhh, El och Abe sover. Min lägenhet ligger där uppe." Han pekade upp för trappan. När de nådde toppen snarkade hon högljutt. Han tog av henne hennes sandaler och stoppade sedan om henne i sängen.

Hon halvsov, "Jag måste kissa", sa hon.

Han visade henne var badrummet fanns och gick sedan in i pentryt där han gjorde i ordning rostade ostmackor och varm choklad åt dem.

"Var är du, Benji?" frågade hon när hon kom ut från badrummet.

"Precis här", sa Benjamin och bar smörgåsarna och kakaon på en bricka.

Efter maten gäspade Katie den största och bredaste gäspningen och lade sig för att sova. Han stoppade om henne och märkte att hon redan sov djupt.

Han tog av sig skorna och strumporna och lade en filt över sig i den bekväma fåtöljen. Även han somnade på nolltid.

Kapitel 11

Benjamin och Abe

På MORGONEN NÄR DEN första ljusglimten tittade in genom gardinerna vaknade Benjamin. Han sträckte på sig och glömde för en stund varför han sov på den sköna stolen. Filten rullade av honom och landade i en klump på golvet. Han reste sig och trots att han var en ung man värkte hans kropp. Han måste döpa om stolen eftersom han inte längre betraktade den som en bekväm stol.

Han skakade av sig värken och sedan föll hans blick på Katie. Han viskade hennes namn, trots att hon snarkade. Som om hon visste att han tänkte på henne höjde hon handen. Han tänkte att hon måste drömma om skolan. Hon mumlade något ohörbart, sänkte handen och vände sig mot fönstret och somnade om igen.

Benjamin lät henne sova vidare och lämnade dörren på glänt så att han kunde höra henne om hon vaknade.

När han gick bort från hennes dörr undrade han om hon var den typ av barn - som han hade varit - som blev rädda när de vaknade upp på en okänd plats. Eftersom hon hade nämnt att hennes mamma ofta lämnade henne hos andra - men alltid återvände efter henne - föredrog han att vara försiktig för säkerhets skull.

Han städade i badrummet och satte sedan på vattenkokaren i sitt pentry. Han längtade efter en varm kopp te och lite rostat bröd med smör.

Medan han väntade tänkte han på familjer och hur Katies frågor hade rört upp en del olösta frågor i hans sinne.

Hans föräldrar hade dött och lämnat honom föräldralös. Han insåg att han klandrade dem för att de lämnat honom, även om det inte var deras eget fel. Eftersom han inte hade några andra släktingar hamnade han i ett fosterhem. Han hade

stängt av sig själv, skyddat sig själv i det systemet efter att hans första stint hade varit i missbrukande hem.

Efter den upplevelsen hade han gått från att vara ett sörjande barn till ett livrädd barn. Istället för att flytta honom till ett tryggt hem flyttade de honom till ett ännu värre hem. Och sedan till ett annat och ett annat. Han tyckte att han förtjänade oturen då, men nu visste han att han borde ha skyddats där. Istället hade han ingen att lita på och han gick in i kamp- eller flyktläge. Eftersom han var för liten för att kämpa för sig själv mot alla vuxna och andra barn i hemmen, gjorde han det senare. Kanske var det därför han kände behov av att skylla på sina föräldrar efter så många år eftersom han var tvungen att skylla på någon annan än sig själv.

När han hade rymt kom de ikapp honom och placerade honom återigen på ett hem där han misshandlades både fysiskt och psykiskt. I vissa fall föredrog han det fysiska framför det psykiska. Och återigen flydde han för att aldrig mer kunna lita på någon.

Av en ren slump stötte han sedan på El och Abe. De var ute på en kvällspromenad och höll varandra i händerna. De var gamla, kanske dubbelt så gamla som hans föräldrar. När han öppnade sitt hjärta för dem kramade El om honom. Hon gav honom mat. Abe lyssnade. El bjöd in honom att komma och sova en god natt i deras gästrum. Sedan dess har han aldrig lämnat deras hem, förutom när han flyttade från gästrummet till sin egen lägenhet. Det var på hans trettonde födelsedag.

Medan han rörde om i teet och tillsatte socker tänkte han på Katies mamma. Hade hon återvänt? Skulle hon fortfarande vara där när Katie vaknade? Han hoppades att hon skulle göra det. Han hoppades att hon skulle vara så glad att hennes dotter var i säkerhet. Så glad och så lättad att hon aldrig skulle överge henne igen. Men dåliga föräldrar var alltid dåliga föräldrar. Leoparder byter inte fläck.

Han föreställde sig att Katies mamma hittade dockan gömd i buskarna. Skulle hon få panik och ringa polisen? Hans fingeravtryck skulle finnas överallt. Ändå, han

skulle inte ändra något även om han kunde eftersom allt han ville göra var att hjälpa henne.

Han höll i sin mugg och gick. Han kanske skulle ha tagit med barnet till polisstationen. Nu skulle han kanske hamna i trubbel. Även när tonåringar berättade sanningen, var ärliga - trodde inte vuxna på dem. Inte om det var en annan vuxen inblandad.

Han tog en klunk till när någon knackade på dörren till hans lägenhet. Det var Mr Julius, Abe, hans förmyndare, hyresvärd och chef. "Kom med mig, shhh", sa han och Abe följde honom uppför trappan till hans lägenhet. Benjamin visade Abe en glimt av den sovande Katie. Eftersom hon hade sparkat av sig täcket gick han in och lade tillbaka det över henne igen. Under tystnad återvände de till köket.

"Vem är hon?" frågade Abe.

Benjamin tvekade och undrade var han skulle börja. "Hon heter Katie och hennes mamma hämtade henne inte från vattnet igår. Jag visste inte vad jag skulle göra, så jag tog med henne hit."

Abe sa till Benjamin att han borde ha tagit henne direkt till polisstationen.

Benjamin skakade på huvudet. "Hon var för trött och rädd." Han ställde sig upp, drog ur kontakten till sin laddade telefon, "Jag kan ringa dem nu."

"Vänta", sa Abe. "Låt oss tänka på det nu när hon är här." De drack mer te under tystnad. "Du gjorde det rätta. Jag är stolt över dig."

"Katie och jag pratade om att ta med henne till stationen igår kväll. Vi bestämde oss för att vänta och ge hennes mamma en ny chans i morse. Vi lämnade också hennes docka där. Den är i naturlig storlek, en av de julartiklar ni säljer."

Abe log. "Jaså, verkligen? Jag minns henne inte, men det kanske El gör. Men jag är säker på att vi inte är det enda företaget som säljer dockorna."

"Det är sant", sa Benjamin. "Mer te?"

Abe nickade och efter en stunds tystnad sa han "Jag antar att alla föräldrar förtjänar en andra chans, men om hon inte dyker upp i morgon bitti ringer jag polisen."

Benjamin hällde mer te i Abes kopp. Han tvekade och viskade sedan. "Om Katies mamma anmälde henne försvunnen efter att jag tagit hit henne, skulle de leta efter mig. De kanske till och med skulle arrestera mig om jag åkte tillbaka för att hämta dockan."

"Vänta lite", sa Abe. "Var det någon som såg dig?"

"En kvinna, som försökte få Katie att följa med henne."

"Och ingen annan?"

"En polis pratade kort med henne tidigare på dagen, men han kom inte tillbaka. Han såg inte mig med henne."

"Det är ingen idé att oroa sig för vad som kan och vad som inte kan", sa Abe. "Du kunde inte lämna henne där hela natten. Det är ren försummelse, för att inte tala om ett brott från hennes mors sida. Om du ignorerade barnet skulle du vara medskyldig." Han smuttade. "Även om du gjorde det rätta är bortförandet av barnet också ett brott."

Benjamin svalde: "Jag, jag, förde henne hit, till säkerhet."

Abe klappade tonåringens handrygg. "Jag vet, och du vet det, men kommer polisen att tro på din berättelse?"

Benjamin drog bort sin hand genom att ställa sig upp. Han började gå i takt. "När hon vaknar tar jag henne direkt till platsen där hennes mamma lämnade henne. Jag ska förklara för hennes mamma. Hon kommer att förstå. Jag ska få henne att förstå."

Abe reste sig också. Han tog sin kopp och sköljde ur den. "Det skulle vara modigt. Men tänk om den försumliga mamman anklagar dig för att ha tagit hennes dotter för att

ur trubbel? Jag menar om hon anmäler henne försvunnen. Har du funderat på vad som skulle hända i så fall?"

Benjamin satte sig ner och lade händerna på var sin sida av huvudet. "Vad ska jag göra då?"

"Gå till vattnet och hämta dockan. Om mamman är där, då är det utmärkt, ta med henne tillbaka hit. Om inte, kom tillbaka och låt mig ta hand om det med kommissarie Miller nere på stationen. Minns du Alex Miller?"

"Ja. Tack, Abe."

"Du, vem", ropade El från nedervåningen.

"Kom och se", sa Benjamin, "kom upp på övervåningen." När hon var högst upp satte han fingret mot läpparna, "Shhh." Hon nickade och de gick på tå in i gästrummet där Katie fortfarande sov djupt.

"Ett barn. Vad i hela friden?"

"Oroa dig inte, jag ska berätta detaljerna för henne. Under tiden", sade Abe, "går du till vattnet medan barnet sover. Om hennes mamma inte är där kommer du direkt tillbaka."

Benjamin nickade. "Tack, Abe och El. Jag ska springa."

Abe förklarade allt för sin fru. "Jag är nyfiken på om mamman har gjort något liknande tidigare."

"Det är vad jag också undrade", sa El.

Under tiden sprang Benjamin till vattnet där han hämtade dockan. Hans telefon vibrerade.

"Några tecken på mamman?" Abe skickade ett sms.

"Nej, men jag har dockan. Jag kommer tillbaka nu."

Abe skickade honom en tummen upp-emoji. Han sa till El: "Inga tecken på barnets mamma och jag måste göra mig redo för att öppna butiken."

"Jag stannar här med henne", sa El. Hon satte sig i stolen medan Katie sov vidare. En stund senare gick El för att städa upp sig inför sitt skift.

KAPITEL 12

KATIE OCH BENJAMIN

KATIE OCH HENNES DOCKA satt sida vid sida på ett enormt pariserhjul som åkte runt och runt. När det kom till toppen stannade det, medan deras ben dinglade över kanten. Hon tog ett fast grepp om stången. För en sekund kände hon sig trygg och säker. Tills stången löstes upp mellan hennes fingertoppar och bilen började gunga. Bakåt och framåt, sedan från sida till sida. På avstånd tjöt vinden, sedan ylade en hund. Dockan började glida. Hon sträckte sig för att ta tag i den, och vagnen välte, och de föll.

Hon skrek!

Då hade Benjamin kommit tillbaka. Han sprang in i rummet. "Vakna Katie", sa han. "Du har en mardröm."

När hon insåg att hon var i säkerhet slängde Katie armarna runt honom och höll fast för glatta livet. När hon andades långsammare gäspade hon och sa: "Jag är utsvulten!"

"Bra, för du är bjuden på frukost med Abe och El, kom nu."

De lämnade Benjamins lägenhet och gick in i huset. I köket lade Benjamin åtta ägg i en kastrull med kokande vatten. Han bad Katie att sköta brödrosten, eftersom de skulle behöva åtta skivor.

"Jag älskar rostade soldater!" utbrast Katie. När brödet var rostat smörde Benjamin det. Han skar det i remsor: den perfekta storleken för att doppa i den rinnande äggulan.

"Vad drömde du om?" frågade Benjamin. "Ibland är det bättre att dela med sig av en dålig dröm. Om du vill."

"Jag vill inte tänka på det", sa Katie och satte sig tillrätta vid köksbordet.

Mrs Julius, El, stack in huvudet i köket. "Hej", sa hon och strålade ett leende i hennes riktning.

Katie sköt tillbaka sin stol, sprang till El och slängde armarna runt främlingens midja. De kramades hårt, som om de hade träffats förut.

El klappade henne på huvudet en lång stund, kämpade mot tårarna och sköt sedan iväg henne till bordet.

Benjamin tittade på och förstod hur Katie kände sig. El hade det där ansiktet, de där ögonen, från vilka vänlighet och mildhet flödade. Han hade själv fattat tycke för henne direkt och nu gjorde Katie detsamma.

"Det är bäst att jag tar med den här till affären så att Abe kan få sig ett mellanmål", sa El. "Du vet hur mycket han hatar att arbeta ensam i verkstaden. Lördagen är vår mest hektiska dag. Den här godsaken kommer att bli en välkommen överraskning."

Benjamin tog med sig äggen i äggkoppar till bordet.

El stängde dörren bakom sig på vägen ut.

"Hon är en trevlig dam, eller hur?"

Katie strålade både med sina ögon och sitt leende. "Ja, hon är min första omedelbara vän."

Benjamin skakade på huvudet. "Instant friend - det var nytt för mig." Han rörde vid toppen på ett av äggen, de var fortfarande för varma för att knäckas.

Katie tog ett djupt andetag och blundade. Hon öppnade dem igen. "Har jag sårat dina känslor? För att du och jag inte var vänner direkt?"

Benjamin log. "Inte alls." Han öppnade det första ägget. "Jag undrade bara." Han lade lite smör och salt på ägget, knäckte sedan upp ett till och gjorde samma sak.

"Jag träffade aldrig min mormor. El, såg ut som mormor i mitt huvud - det är därför hon är en omedelbar vän."

"Det låter vettigt."

El återvände och de tre doppade sina brödsoldater i de rinnande äggen.

"Du är verkligen en utmärkt kock", sa Katie.

Han log när de städade upp och ställde in den smutsiga disken i diskmaskinen. "Nu sätter vi igång. Kom ihåg att vi har saker att göra."

"Och platser att se", fnissade hon.

"Jag är glad att du är här", sa El.

✳✳✳

Benjamin kammade Katies hår som han märkte luktade honung och kanel.

"Jag slår vad om att min mamma letar efter mig. Kan vi gå och leta efter henne nu vid vattnet?"

Med ett leende gick Benjamin ut ur rummet och frågade: "Har du inte glömt någon?" Han återvände några sekunder senare och gömde något bakom ryggen. "Voila!" utbrast han när han visade dockan för Katie.

Hon slängde armarna runt dess hals, gosade och viskade om hur mycket hon hade saknat sin tvilling. Benjamin hade haft rätt, hennes docka doftade verkligen julmorgon, och det var ju bra. Det som inte var så bra var att hon kände sig lite blöt på sina ställen. Hon gjorde en grimas.

"Ah, du märkte att hon är lite fuktig", sa Benjamin. "Ta hit henne nära ventilationen så blir hon snart som ny."

Tillsammans placerade de dockan nära värmaren, sedan föreslog Benjamin. "Vad sägs om att lära dig borsta tänderna med fingret? Tills vi ger dig en tandborste?"

Katie skrek och hade roligt när hon lärde sig. Efteråt snörade Benjamin hennes sandaler.

"Din mamma var inte där, vid vattnet, när jag hämtade dockan i morse."

Hennes underläpp gick ut. Den darrade.

Han tittade på sina fötter. "Du behöver inte oroa dig. Julius, jag menar Abe, har en vän som arbetar på polisstationen."

"Åh, nej", sa Katie.

"Vad är det för fel?"

"De kommer att få reda på det."

"Ta reda på vad?"

"Jag kan inte berätta, men jag vill inte att mamma ska hamna i trubbel."

"Oroa dig inte, Abes vän är en trevlig man. Han vet hur han ska hjälpa till. Under tiden kan du och jag umgås med El idag."

Barnet nickade.

"Hon kanske till och med låter dig hjälpa till i butiken, som en stor flicka."

Katie log. För stunden var hon distraherad från sina problem.

Kapitel 13

ABE OCH SGT. MILLER

A BE BAD SIN FRU att ta hand om butiken och var redan på väg till fots för att träffa sin vän på stationen, sergeant Alex Miller. Han hade omprövat planen att ringa honom. Ett personligt besök skulle vara bättre eftersom de var vänner sedan länge.

När de träffades för första gången för flera år sedan var Alex en ung officer och nybörjare. Abe hade arbetat i sin butik när två beväpnade män stormade in och stal pengarna i kassan. Abe klarade sig undan med en liten smäll i huvudet. Han var så tacksam för att hans fru hade gått till grossisten den dagen.

Efter att ha kontaktat polisen skickade de Alex tillsammans med en äldre polis. Den äldre polisen föreslog att Abe skulle anställa någon som vaktade dörren. Han sa att det

antingen det eller betala för ett dyrt säkerhetssystem. Abe hade inte råd med något av alternativen. De fyllde i en rapport och gick, men Alex kom tillbaka. Han erbjöd sig att jobba extra - mot en avgift. Eftersom han var en ung polis skickade de inte många timmar åt hans håll.

Abe gick med på att betala Alex två timmar om dagen och de blev vänner. Några månader in i deras arbetsrelation utsattes en annan butik på samma gata som Abes för inbrott. Alex grep båda brottslingarna på egen hand. Senare identifierade Abe dem i en uppställning och skurkarna skickades till fängelse.

Efter det började Alex klättra i graderna. Han och Abe höll dock kontakten och när Alex gifte sig gick han och El på skolan. När de fick sitt första barn blev han och El inbjudna till dopet. En liten flicka följdes av två pojkar - tvillingar. Abe och El har under årens lopp firat jul och Thanksgiving i Millers hem.

När sedan Benjamin kom in i deras liv och Alex befordrades till sergent, tappade de kontakten men lyckades ändå träffas då och då för en kopp kaffe.

När han kom till polisstationen frågade han i receptionen om han kunde få träffa inspektör Miller, som han fick veta inte var tillgänglig. Abe satt i väntrummet en kort stund tills han fick syn på en skylt med foton av barn på andra sidan rummet. Saknade barn.

Abe gick in för att titta närmare efter att ha rengjort sina glasögon. Inget av barnen hade långt blont hår. Han var nöjd med att barnet som hette Katie inte fanns med på affischen och satte sig ner igen.

Sergeant Miller anlände och de två vännerna skakade hand. Miller föreslog att de skulle ta en paus från stationen på ett kafé inom gångavstånd. "Där blir vi inte störda och jag kan behöva en paus."

De satte sig i ett cafébås och Abe frågade hur alla hade det hemma.

"Det var ett tag sedan, gamle vän, eller hur? De mår bra, tack", sa Miller. Han öppnade sin telefon och visade Abe en kort video från tvillingarnas avslutningsceremoni på high school. "Henry vill bli läkare", sa Alex med stolthet. "Jimmy vill bli advokat." Han bläddrade igenom fler bilder och slutade sedan. "Och Jenny, hon och Will har precis gett oss vårt första barnbarn. Hon är en riktig skönhet." Han lämnade fotot öppet för Abe att titta på och återgick till att förbereda sitt kaffe genom att tillsätta två gräddersorter och ett sötningsmedel.

"Ah, hon är verkligen en sötnos. Grattis till dig och din fru som har blivit morföräldrar för första gången." Han smuttade på sitt kaffe. "Åh, och läkare är ett väl respekterat yrke och att bli jurist är det också. Båda är säkrare karriärval än ditt arbete." Han skrattade och rörde om i kaffekoppen.

"Det är säkert", instämde Alex när han tog en klunk. Det starka kaffet brände på läppen, men han tog ändå en klunk till.

"Världen blir allt farligare", fortsatte han, "och jag hoppas kunna gå i pension någon gång inom en inte alltför avlägsen framtid. Dessutom vill jag inte behöva oroa mig för att mina söner ska riskera sina liv när jag äntligen kan lägga upp fötterna och koppla av."

De två vännerna smuttade och doppade sina munkar i kaffet.

"Så, vad för dig hit för att träffa mig idag?" frågade Alex och tittade på sin klocka. "Jag hoppas att din fru inte orsakar dig några problem."

Abe log. "Nej." Han tvekade. "Jag har en vän."

"Åh, nej, inte jag har en vän-skämtet."

Abe fortsatte: "Jag har en vän", han log, "som har det lite besvärligt."

"Berätta mer."

"Han hittade ett barn vid vattnet igår kväll som satt ensam. Övergiven av sin mamma. Han förde henne i säkerhet."

"Din vän är en god medborgare", sa Alex. "Så, i det här scenariot, hur kan jag hjälpa till?"

"Min vän undrar om han kan råka lite illa ut för att ha engagerat sig i situationen. Han är minderårig och barnet var för traumatiserat för att ta med henne till stationen. Om min vän berättar nu, skulle han då få problem för att han fördröjde rapporten?"

Alex funderade på saken. "Hur väl känner du den här pojken?"

Abe satte sig upp, "Minns du Benjamin?"

Alex drack upp sitt kaffe. Servitrisen kom tillbaka och frågade om de ville ha något annat. När de tackade nej till allt utom notan plockade hon undan muggarna.

"Ja, jag kommer ihåg honom. En trevlig väluppfostrad pojke som uppskattar hur lyckligt lottad han är att vara en medlem av din familj."

"Han har alltid varit som en son för oss", sa Abe. "Och på tal om familj och barn, jag undrar en sak."

"Jag lyssnar."

"Jag såg ett program häromkvällen, Matlock, minns du det?"

"Ja, det är lite omodernt - särskilt hans vita kostymer." Miller skrattade.

"Ja, jag minns när de var populära - vita kostymer och spottar. Ja, så gammal är jag."

Han skrattade och fortsatte sedan. "I programmet stod det att en person inte kan anmäla sitt barn försvunnet på tjugofyra timmar. Det är ett amerikanskt program, som du vet, men jag undrade om det är samma sak här."

"I Kanada kan ett barn anmälas försvunnet när som helst. Det finns ingen väntetid."

"Åh, det visste jag inte", sa Abe. "Intressant."

"De flesta tror att det är tjugofyra timmar", säger Alex. "Denna felaktiga information kan tillskrivas repriser och falska nyheter."

Abe skrattade. "Har någon rapporterat ett barn försvunnet då, jag menar här i stan sedan igår?"

"Inte vad jag vet", sa Alex. "Det kan vara så att jag inte vet om det än. Ibland sipprar saker igenom på stationen." Han lutade sig närmare. "Jag behöver veta - var är barnet nu?"

"Benjamin presenterade henne för oss i morse. El är väldigt upprörd, som du kan föreställa dig."

Sergeant Miller nickade när hans telefon ringde. Han behövdes tillbaka på stationen.

Han frågade om ett barn, en liten flicka, hade rapporterats saknad under de senaste tjugofyra timmarna, ingen hade gjort det. Han kopplade ner. "Inga nya rapporter om försvunna barn."

"Uh, jag förstår", sa Abe. "Vad ska vi göra nu?"

Miller sa: "Om ni tar med henne till stationen så tar vi hand om henne tills barnavårdsnämnden blir inblandad."

"Hon har ju trivts så bra hos oss."

"Ja, att lämna henne hos er just nu kan vara det bästa alternativet. Medan vi undersöker saken. Det vore tråkigt om hon hamnade i ett fosterhem för tidigt. Speciellt om det är första gången."

"Vi skulle hålla henne säker."

"Jag vet att ni skulle göra det, men jag måste kolla med min chef. Som jag ser det är det nog bäst att lämna henne där hon är." Han ställde sig upp. "Något annat du vill berätta för mig, innan jag gör förfrågningar?"

"Benjamin återvände till vattnet idag i hopp om att barnets mamma skulle vara där - det var hon inte."

"Det var bra att hon inte kom tillbaka", sa Miller. "Det här behöver utredas. För att se om hon är en återfallsförbrytare." Han kontrollerade tiden igen. "Hur gammalt är barnet?"

"Jag vet inte säkert, men jag tror att det är sju eller åtta år."

Miller lämnade kaféet för att prata i telefon och återvände några minuter senare. "Hon kan stanna hos dig tills vidare. Under tiden ber jag mina poliser att hålla utkik efter en kvinna som vandrar omkring vid vattnet. Har du någon aning om hur hon ser ut?"

"Nej, du måste tala med Benjamin. Eller så kan jag fråga honom efter dig och meddela dig?"

"Visst. Ta reda på det och sms:a mig." Han sträckte ut sin hand och den mottogs varmt.

"Tack så mycket", sa Abe.

Miller tillade: "Oavsett vad som händer, lämna inte över barnet. Om kvinnan dyker upp, uppehåll henne och ring mig. När som helst tjugofyra-sju. Jag vill prata med henne - ge henne vad för. Jag vill också se till att hon är ärlig och förstår vilka misstag hon har gjort. Om det behövs kopplar jag in socialtjänsten."

Abe sa att han skulle skicka över kvinnans beskrivning så snart som möjligt.

"Bra gjort", sa inspektör Miller när de skildes åt utanför kaféet.

Istället för att gå direkt hem åkte Abe till Waterfront. Han satte sig på en bänk och lyssnade på måsarna och vågorna. Efter trettio minuter utan att se någon återvände han till butiken där hans fru kom ut för att hälsa på honom.

"Så gott som guld", sa El när hon kysste sin man först på vänster kind och sedan på höger.

Han märkte att hans fru hade en fjäder i steget och att hennes kinder var röda. Det påminde honom om de dagar då de först uppvaktade varandra.

Efter att ha pratat med El om sitt möte med sergeant Miller frågade Abe barnen vad de såg på TV.

"Det är Svampbob Fyrkant", sa Katie. "Han är rolig."

"Du kan berätta för Benjamin vad som hände senare, om det är okej? Jag skulle vilja prata med honom utanför en stund eller två."

Hon nickade.

"Fick du reda på något nere på stationen?" frågade Benjamin efter att ha stängt dörren bakom sig.

"Jag ska berätta mer om en stund, men just nu vill Sergeant Miller att jag skickar en beskrivning av Katies mamma till honom via sms." Han gav Benjamin sin telefon. "Du går vidare och skriver in informationen. Du är snabbare på att skriva."

Benjamin klickade sig in: Hej Sergeant Miller. Det här är Benjamin. Katies mamma hade på sig en mörk ärmlös klänning, en röd halsduk och högklackade skor. Hennes hår var mörkt, nästan svart och hon hade mörka solglasögon igår när solen var ute."

"Höjd?" svarade Miller.

"Ungefär 1,70 m - utan klackar."

"Tack. S.A.M."

Benjamin returnerade en tumme upp emoji. "Så, berätta vad du fick reda på om Katie."

"Först tog jag upp det som hypotetiskt. Vi pratade och sedan berättade jag detaljerna för honom."

"Okej, det låter rimligt."

"Jag kan bekräfta," sa Abe, "att hon inte har rapporterats saknad ännu."

"Något måste ha hänt hennes mamma. Jag hoppas att hon är okej."

"Sergeant Miller, Alex, sa att du gjorde rätt som tog hit henne. Hans poliser kommer att hålla utkik efter mamman. Om hon dyker upp tar de in henne för förhör. Om det finns några nyheter om Katie kommer de att meddela oss."

"Tack än en gång, Abe."

"Eftersom det är lördag och Katie inte behöver gå till skolan är det bra. Förhoppningsvis kommer det att vara löst innan måndag och hon kommer att vara tillbaka i klassen som om ingenting har hänt."

"Ja", sa Benjamin och tänkte redan på hur mycket han skulle sakna henne när hon var borta.

El kom in i korridoren och trion viskade tillsammans.

"Vi, Abe och jag tror att hon skulle trivas bättre i gästrummet."

Benjamin såg besviken ut och hans blick gick ner i golvet.

El rörde vid hans arm. "Jag kan hålla ett öga på henne när ni två sköter butiken. Vi kan göra tjejgrejer."

Abe inflikade: "Du behöver också sova, Benjamin, och den där gamla stolen är inte lämplig att sova i."

"Vi har velat byta ut den där gamla saken i flera år."

"Det står på min att göra-lista", sa Abe. "Jag ska nog klä om den någon gång."

"Bäst att slänga den i soptunnan eller använda den som ved. Jag har tänkt fixa till rummet lite. Bokhyllorna behöver också fräschas upp."

"Jag ska lägga till det på listan."

El kysste honom på pannan. "Det skulle vara trevligt att göra rummet mer tjejigt."

"Hon är bara här en kort stund."

"Jag vet, jag vet. Men det får mig att tänka på min yngre syster Sammy. Samantha. Allt bus vi brukade hitta på tillsammans." Hon kastade en blick på sin man. "Jag har alltid velat ha en egen liten flicka - det här är det näst bästa. Även om det bara är för en liten stund."

Abe lade armen om henne. "Jag fattar, ni två vill leka tillsammans."

El kysste honom på kinden och de tre gick in i en gruppkram.

När de kom ifrån varandra frågade Abe: "Vet Katie sin adress?"

"Hon vet den, och vi kollade upp den igår kväll. Ingen var hemma och hon har ingen nyckel. Det är på Ontario St., nummer 74."

Abe ringde upp Google Maps på sin telefon och lade in adressen med planen att åka till huset. När han själv hade tagit sig en titt skulle han meddela adressen till sin vän, sergeant Miller. "Barnet kommer att behöva saker", sa Abe och gav sitt kreditkort till Benjamin. "Köp fritidskläder, pyjamas, ordentliga skor, strumpor och underkläder. Och en tandborste."

Benjamin städade köket medan Abe pratade vidare om sitt besök på polisstationen. "Åh, och en sak till, om Katie ser sin mamma, eller visa-versa, får hon inte återlämnas till henne. De vill prata med kvinnan först nere på stationen."

Katie kom in i köket, "Är min mamma i trubbel?"

"Nej, nej älskling", sa Benjamin. "Polisen vill bara se till att hon mår bra." Han rufsade till hennes hår. "Tvätta ansiktet och borsta håret nu." Hon gick in i badrummet och stängde dörren.

"Tänk om hennes mamma ställer till en scen? Jag menar, om hon ser mig, en främling med hennes dotter?"

Abe viskade: "Hon övergav sin egen dotter. Vem som helst kunde ha tagit henne, så jag tvivlar på att hon kommer att ställa till med en scen." Han kontrollerade att Katie inte hade kommit ut. "Dessutom kanske den stackars kvinnan inte är riktigt frisk i huvudet. Om hon ser barnet, ring polisen och stanna där du är. Fråga efter inspektör Miller. Han kommer ihåg dig och han kommer att se till det."

Benjamin satte sig ner och var tyst.

"Jag ser att vi har oroat dig", sa Abe. "Barnet kommer att veta vad hon gillar och vad hon behöver, och personalen kommer att hjälpa dig."

Benjamin tittade på sina fötter, han visste ingenting om att köpa kläder till en liten flicka.

El sa: "Vill du att jag ska följa med dig?" Hon tittade på sin man. "Om det är okej för dig? Det är efter 3, så det kommer inte att bli så mycket att göra igen."

Benjamin nickade. "Snälla, Abe."

Katie härmade Benjamins ord. "Pleeeasssse, Abe."

Abe kunde inte stå emot och nickade.

"Vi ska gå och handla, till dig", sa Benjamin. "Du, El och jag."

Katie skrek av förtjusning.

Kapitel 14

EN DAG UTE OCH SHOPPAR

Det dröjde inte länge förrän Katie hade allt på listan.

"Nu går vi och äter något", föreslog El.

De gick in på ett kafé på huvudgatan. Katie beställde en jordgubbsmilkshake, El bad om ett starkt te och Benjamin en cola med is.

Hon smuttade på sin milkshake. "Du vill fråga mig en sak, eller hur El?"

El nickade. "Hur kände du det där barnet?"

"Det är okej om du frågar mig. Jag har inget emot det."

El tvekade och frågade sedan: "Vilken är din favoritfärg?"

Katie skrattade, det var uppenbarligen inte den fråga hon hade förväntat sig. "Jag har ingen favoritfärg. Varför välja en, när det finns så många?"

El log. Inte det svar hon förväntade sig.

"Jag har en fråga", frågade Benjamin. Han tvekade medan både El och Katie väntade. "Vem köpte dockan till dig? Var det din mamma?"

Katie drack mer milkshake genom sugröret. "Det gjorde han", sa hon.

El lutade sig närmare, "Din pappa?"

"Nej, min mammas vän Mark. Det var en present. Han ger mig alltid presenter."

"Till jul? Eller på din födelsedag?" frågade Benjamin.

"Nej, inga presenter. Han dyker bara upp och ger mig något."

"Jaha", sa Benjamin och tittade på El. "Så, hur är din milkshake?"

"Den smakar himmelskt", sa Katie och satte fingret över läpparna.

"Vad är det för fel?" frågade El.

"Jag tänker bara..."

"På vadå?" frågade Benjamin. "Du behöver inte berätta för oss om du inte vill."

Katie tänkte efter och sa sedan: "Om min mamma var här skulle hon dricka en karamellmilkshake. Vi skulle smutta långsamt. Vi smuttar alltid långsamt. Jag glömde och drack snabbt, och nu är allt borta." Hon surade.

"Vill du ha en till?" frågade Benjamin.

"Får jag?"

"Det får du gärna." Han kallade på servitören.

När han kom sa Katie: "Vänta, jag behöver inte en till."

"Varför inte?" El frågade.

"Det är enkelt. Nu när jag kan få en till räcker det med den här."

Benjamin och El tittade på varandra och sedan tillbaka på Katie.

"Du är unik i ditt slag, barn", sa El.

"Det är vad mamma alltid säger."

Hon betalade notan och de gick ut på gatan.

"Kan jag få ha mina nya skor, tack?"

"Det är klart att du får", sa El och tog av Katies sandaler.

Hon vred in tårna i löparskorna och studsade sedan fram längs trottoaren. El och Benjamin försökte hålla jämna steg med henne.

KAPITEL 15

TILLBAKA HEM IGEN

D E ÅTERVÄNDE HEM DÄR de fann Abe sittande i en gungstol. Hans axlar var hopsjunkna och hans händer var korsade i knät.

El gick fram till honom och kysste honom på pannan. "Jag ska hälla upp ett bad åt Katie. Det hjälper henne att sova efter all uppståndelse."

"Bra idé, älskling", sa Abe. Sedan till Benjamin: "Hur var det att shoppa?"

"Det var kul - Katie är full av energi. Till och med jag hade svårt att hålla jämna steg med henne."

Abe log. "Ledsen att jag missade det." Han sänkte rösten. "Jag har mer information. Jag skulle föredra att dela den

med dig och El på samma gång. När den lille sover."

Benjamin gäspade.

Abe sa: "Varför går du inte upp och sover lite. Vi pratar om en timme, okej?"

"Låter som en bra plan. Tack." Han gick upp för trappan.

✳✳✳

När Katie hade somnat samlades de i vardagsrummet. El förberedde några smörgåsar. Abe var särskilt hungrig. Han hade inte ätit sedan frukosten.

"Hon somnade direkt", sa El. "Och hon såg söt ut i sitt nya prinsessnattlinne."

"Vi hade en underbar dag idag, tack så mycket för hjälpen El."

"Det var så lite."

Abe tuggade färdigt på sin smörgås, torkade sig om munnen och tog en klunk vatten. "Jag har nyheter. Det är ingen lätt historia att berätta. Var vänliga att inte avbryta eller ställa frågor förrän jag är klar."

Både El och Benjamin flyttade sig närmare och instämde.

"När jag hade stängt butiken klockan 5 åkte jag hem till Katie. Jag hade inte planerat att åka förrän imorgon, men något fick mig att vilja åka idag, så jag åkte." Han gjorde en paus.

Sätt igång, tänkte Benjamin men han visste att det skulle ha varit oförskämt att säga det.

"Jag knackade på ytterdörren, ingen öppnade men gardinerna var öppna. Jag stannade och lyssnade efter ljud inifrån, ingenting. Jag gick runt sidan av huset och till baksidan. Det fanns inga tecken på att ett barn bodde där, inga leksaker, cyklar, gungor eller bollar. Ingen tvätt hängde på lina.

"Jag beställde en taxi och chauffören väntade på mig vid trottoarkanten. Jag gick till grannhuset och knackade. En man öppnade och berättade att det bodde en liten flicka och en kvinna i huset bredvid, det var allt han visste. Sedan smällde han igen dörren i ansiktet på mig.

"I mitt perifera synfält såg jag en gardin röra sig på andra sidan gatan. Jag gick dit och knackade på. En kvinna öppnade och bjöd in mig på en drink.

Hon såg taxin som väntade och sa åt honom att köra iväg. Hon sa att hon skulle kontakta en annan när jag var redo att åka. Jag gick med på det, eftersom jag kände att hon kanske hade information att ge om barnets mamma. Hon var en upptagen person, det rådde det ingen tvekan om. I vanliga fall hade jag undvikit henne, men i det här fallet var information om barnets välbefinnande avgörande, så jag stannade kvar.

"Hennes hus var rent och snyggt. Jag var inte utsatt för någon risk, och det enda ljudet i hennes hus var det oupphörliga tickandet från en farfars klocka. Vi satte oss ner och drack en kopp te.

"När jag frågade om barnet berättade hon att det alltid hände saker i huset på andra sidan gatan. Skrik. En svängdörr av män och bilar parkerade på uppfarten och ibland kom de ut på gatan. Hon trodde att det var gifta män. Åh, och hon sa också att den senaste tjusiga mannen hade en stor bil och en chaufför. Katies mamma var gatans samtalsämne."

El satte handen för munnen, "Stackars lilla krake."

Benjamin bytte ämne. "Fick du reda på något om Katie?"

Abe suckade. "Tyst och väluppfostrad", förklarade grannen Judy Smith. "Hon sa att hon lade märke till både mor och dotter igår morse. Det stack ut, eftersom det var en skoldag och barnet hade en docka i naturlig storlek med sig. Hon såg dem dock inte återvända hem.

"När hon tröttnade på att prata med mig gick hon till ytterdörren på sitt hus och visslade nerför gatan. Hennes son, en taxichaufför, körde upp framför. Hon knuffade ut mig genom ytterdörren, in i fordonet och jag gav mannen en falsk adress. Jag ville inte att de skulle veta min adress. De verkade excentriska."

"Du menar galna?"

Abe nickade, hällde sedan upp en kopp te åt sig själv och erbjöd en kopp till El och Benjamin.

"Ni kan ställa frågor nu", sa han.

✳✳✳

MINUTERNA GICK, KANSKE EN kvart eller mer, innan El bröt tystnaden. "Den stackars lilla krabaten. Hur hennes liv måste ha varit med män som kom och gick alla timmar på dygnet." Hon kämpade emot en snyftning, djupt från sin moderliga kärna. "Inget liv för något barn - och här är vi. Du och jag, som aldrig skulle kunna få ett eget barn."

"Såja, såja", sa Abe och klappade sin frus arm. "Jag känner precis likadant. Det finns ingen rättvisa i den här världen. Ingen rim och reson. Och ändå, vem är vi att döma?"

"Allt jag vet", inflikade Benjamin, "är att Katie älskar sin mamma."

"Även ett misshandlat barn älskar sin mamma", sa El.

"Beviset finns i övergivandet", sa Abe.

"Kanske kunde det inte ha hjälpts. Vi vet inte vad som hände," sa Benjamin.

"Det är sant. Jag är ledsen att jag var så snabb att döma. Så, vad händer nu?" frågade El.

"Vi väntar", sa Abe. "Och vi ställer frågor, utan att göra lilla Katie upprörd. Tar reda på vad vi kan. Under tiden kommer Sergeant Miller att få saker att hända på sin sida. Jag gav honom Katies adress och Benjamin gav honom en beskrivning av hennes mamma. De ska kolla sjukhusen, bårhuset och strandpromenaden."

"Bårhuset", sa El. "Jag vill inte tänka på att det lilla barnet är helt ensamt i världen."

"Jag vet, jag vet", sa Abe. Han bytte ämne. "Åh, och innan jag glömmer det." Han stack ner handen i fickan och tog fram ett kuvert som han lade på bordet. "Det här låg i brevlådan hemma hos Katie."

"Abe, det är ett federalt brott att stjäla en annan persons post!" utbrast El. Detta utbrott var inte tillräckligt för att hindra henne från att vända kuvertet så att både hon och Benjamin kunde läsa det.

"Det är jag fullt medveten om", bekräftade Abe. "Men nu vet vi att hennes mammas namn är Jennifer Walker."

Benjamin gäspade och reste sig, sedan kysste han El på kinden. "Katie är inte ensam nu. Hon är här med oss." Han sa god natt. "Tack för all din hjälp." Abe klappade honom på ryggen som en far skulle göra med en son.

På övervåningen bytte han till pyjamas och lade sig i sängen. Han var för trött för att dra ner täcket och gömde sig istället i täcket.

∗∗∗

BENJAMIN STOD PÅ KANTEN av taket på en hög byggnad och kunde inte titta ner, med tårna redan över gränsen. Det var natt och stjärnorna var som slitsar, som ögon på himlen, som iakttog honom och ville att han skulle gå framåt. Hoppa, verkade de säga. Bara hoppa.

Han stapplade och stapplade. Det var lika lätt att gå framåt som att gå bakåt, och han var helt ensam. Alldeles ensam i världen, utan någon som såg efter honom. Ingen som brydde sig om honom. Ingen som brydde sig om han levde eller dog.

Han hade läst många böcker om hjältar. Unga pojkar som, precis som han, hade förlorat sina föräldrar och gjort fantastiska saker med sina liv. Naturligtvis var den typen av karaktärer fiktiva.

Vänta lite nu! Jag är en bra människa. Jag hjälper människor. Jag tänker på andra före mig själv. Jag ljuger inte, stjäl inte och skadar inte andra och jag håller alltid, nästan alltid, mina löften.

Varför nästan alltid? frågade en röst högt ovanför honom.

Han svarade inte - i stället föll han över kanten - och vaknade upp på golvet bredvid sin säng. Hans kläder var fuktiga av svett - men han var i säkerhet. Trygg och välbehållen. Trots att klockan var fyra på morgonen tänkte han inte somna om igen. Han började spela spel på sin telefon. Nedanför sitt rum kunde han höra någon gå fram och tillbaka. Förmodligen Abe. Han satte på sig hörlurarna. När några vänner anslöt sig blev han helt uppslukad av ett onlinespel för flera spelare. Han spelade tills solen gick upp vid horisonten och gick sedan och lade sig igen.

Kapitel 16

ABE OCH EL

A BE KUNDE INTE SOVA. "Är du vaken?"

"Nu är jag det."

"Jag är lite hungrig, du då?"

"Nu när jag är vaken är jag också det. Kom så fixar jag något. Vad är du sugen på?"

När de vandrade längs korridoren tittade de in till Katie.

"Hon är en sådan liten ängel."

"Det är hon." I köket sa Abe: "En rostad ostmacka skulle passa mig bra."

"Okej, du sätter på vattenkokaren, så tänder jag grillen."

När maten var klar och teet puttrade i kannan satte de sig ner och åt sina smörgåsar.

"Det var verkligen gott, tack."

"Tröstmat gör alltid det." Hon sköt tillbaka sin stol.

"Nej, sitt en stund. Jag vill prata med dig."

"En kopp te?" Abe nickade och hon fyllde deras koppar. "Vad är det som bekymrar dig? Jag vet att det är något."

"Minns du att vi pratade om att adoptera Benjamin?"

"Ja, men eftersom han redan var femton år bestämde vi oss för att inte gå vidare."

"Ändå tänker jag att om vi adopterade honom, om något skulle hända mig - då skulle han vara hemma och kunna hjälpa dig med butiken. Att ta över om det behövs. Samma sak om något skulle hända dig - han skulle vara till stor hjälp för mig."

El rörde om i sitt te. "Vill han bli adopterad? Han behöver oss inte som han gjorde när han först kom hit för att bo med oss. Han är en självständig ung man. Jag skulle hata att kedja fast honom vid oss."

Abe höjde rösten. "Kedja fast honom vid oss? Är det vad du tror? JAG, JAG..."

"Lugna ner dig, älskling. Om ett par år är han gammal nog att flyga iväg på egen hand - och han har all rätt att göra det. Vad var det som sades, om du älskar någon så släpp dem fria och om de kommer tillbaka så är de dina."

"Och om de inte gör det, så var de aldrig det. Jag minns inte vem som sa det."

"Kanske Kipling, eller någon klok person som han. Jag säger inte att han aldrig skulle komma tillbaka, jag tror att han skulle göra det. Han älskar att arbeta i butiken."

"Ja, och en dag kan han äga butiken - driva butiken. Föra vårt arv vidare."

"Om han vill."

"Självklart."

"Vad skulle du vilja göra? Vad skulle underlätta för dig?"

"Jag skulle vilja prata med Travis, vår advokat, och be om hans råd."

"Borde vi inte ta upp ämnet med Benjamin först?"

"Om vi gör det och ändrar oss efter juridisk rådgivning kan det få återverkningar. Jag vill hellre kolla först, sedan kan vi bestämma. Om vi bestämmer oss för att gå vidare den här gången kan vi prata med honom och se vad han tycker."

El gäspade. "Åh, ursäkta mig." Hon tog sin mans hand i sin. "Det låter som om vi har en plan. Nu går vi och lägger oss igen, den lilla kommer snart upp och vill ha sin frukost."

KAPITEL 17

SAKNAT HEM

ABE OCH EL HADE äntligen somnat när Katie hörde ett skrik i hallen.

El var vid hennes sida på några sekunder, nästan som om hon hade förväntat sig det. Så fort Katie såg henne slängde hon armarna runt hennes hals.

Abe anlände kort därefter. "Vad är det nu för fel, lilla vän?"

"Jag saknar..." var allt hon sa innan hon tryckte in ansiktet i Els bröst.

Benjamin snubblade in i rummet. "Vad är det?"

Katie stod stilla medan de utbytte mjuka viskningar.

"Hon saknar sin mamma", sa El. Katie drog sig närmare. "Ni två kan gå tillbaka till era sängar, så stannar jag här med den lilla." Sedan till Katie: "Du skulle vilja det nu, eller hur? Om jag stannade här?" Hon viskade något till El. "Åh, jag förstår", sa hon. "Är du säker på det?" Katie nickade. "Hon vill att du också stannar, Benjamin. Ta en filt från utsidan och lägg den över dig på stolen där borta." Benjamin följde hennes instruktioner.

"Jaha, god natt då", sa Abe och stängde dörren, glad över att återvända till sin egen säng.

KAPITEL 18

SÖNDAG, SÖNDAG

SÖNDAGSMORGNARNA VAR SPECIELLA I Julius' hushåll. Eftersom affären inte öppnade förrän vid lunchtid förberedde familjen alltid en stor frukost som de sedan åt tillsammans.

"Idag blir det våfflor", meddelade El, tog fram våffeljärnet och anslöt det till eluttaget. Hon gick vidare och förberedde smeten tills grillen var klar.

Under tiden dukade de andra bordet. Tillbehör som: sirap, frukt, smör och vispgrädde i burk placerades alla på bordet.

"Våfflorna doftar så gott", sa Katie när El placerade de färdiga våfflorna i mitten av bordet.

"Tack älskling", sa El. "Något vi glömde, innan jag sätter mig?" Ingen kom på något, så hon satte sig vid ena änden av bordet medan hennes man satt vid den andra.

"Tack för gourmetmaten", sa Abe, vilket var hans version av en måltidsbön. "Nu är det bara att hugga in!" Och det gjorde de.

Katie satt och tittade på de andra eftersom hon aldrig hade ätit en våffla.

"Vad väntar du på, älskling?"

"Jag tittar eftersom den enda våffla jag någonsin har ätit var en glasstrut."

"Det var en smart idé", sa Benjamin. Han gick till frysen och tog fram en behållare med napolitansk glass. Sedan tog han glassskeden från lådan och förde dem till bordet.

El hjälpte Katie att lägga frukt på sin våffla, inklusive blåbär och jordgubbar. Hon lade till några äppelskivor. "Det ser fint ut", sa barnet.

"Nu får du prova", sa Benjamin.

Katie lade till en skopa glass och chokladsås.

"Åh, jag kom just på något annat", sa El och sköt tillbaka sin stol. Hon vände sig till Katie: "Du är väl inte allergisk mot nötter?"

"Nej. Ett par barn på min skola är det, så vi måste vara försiktiga, men jag är inte allergisk mot någonting."

"Inte jag heller", sa Benjamin medan han skopade krossade valnötter på toppen av sin våffla. Sedan lade han på vispgrädde - även om han, precis som Katie, redan hade glass på sin våffla.

"Kan jag få vispgrädde också?"

Benjamin sprutade grädde på Katies våffla. "Den ser för god ut för att ätas nu", sa hon och alla skrattade. Hennes ansikte lyste upp, "MMMMM", sa hon. "MMMMM."

När alla ätit sig mätta gjorde El i ordning kaffe.

"Jag är för mätt för att röra mig", sa Benjamin.

"Jag också", sa Katie och klappade sig på magen.

Abe tittade på sin klocka, det var fortfarande tid kvar tills butiken öppnade. "Åh, jag tänkte fråga dig Katie, vad heter din skola?"

"Jag går på St Mary's Elementary", sa Katie.

Abe skrev in adressen i Google.

"Tycker du om skolan?" frågade Benjamin.

"Den är okej.

"Vi ringer din skola i morgon", sa El, "och meddelar att du kommer att vara frånvarande några dagar."

"Menar ni att jag inte behöver åka?" "Nej, vi vill att du stannar här för tillfället."

"Tills min mamma kommer tillbaka?"

"Ja, tills dess", sa Abe.

"Är du ofta borta från skolan?" frågade El.

"Bara om jag är sjuk eller om mamma inte mår bra, för hon låter mig inte gå själv."

"Är din mamma ofta sjuk?" frågade Abe och tänkte på anklagelserna om alkohol och droger.

Katie började gråta.

"Nog med frågor för den här gången", sa El. Hon tog Katies hand i sin. "Nu ska vi tvätta bort vispgrädden och chokladsåsen från ditt ansikte

och se till att du får på dig dina nya kläder. Kom m
ed nu."

Katie följde med och bakom stängda dörrar sa
hon: "Mamma vill inte vara sjuk."

"Naturligtvis inte, mitt barn", sa El medan hon
drog en varm, fuktig tvättlapp över Katies ansikte.
"Lyft nu på armarna så ska vi klä på dig."

"Jag är en stor flicka."

"Även stora flickor behöver lite hjälp ibland", sa
El och blinkade.

"Tack så mycket."

"Tack för att du för in lite solsken i mitt hem."

Katie tänkte efter en stund och sa sedan: "Men
du hade redan solsken, för du hade Benjamin."

El skrattade. "Du har rätt, vi ser hans gyllene
strålar varje dag. Följ med nu, vi kan ju inte låta
pojkarna bli klara före flickorna, eller hur?"

"Aldrig i livet!" Katie fnissade.

KAPITEL 19

SGT. MILLER

När inspektör Miller anländer till stationen väntar ett brådskande meddelande på honom från rättsläkaren:

"En kvinnokropp spolades upp på Lake Ontarios strand tidigt i morse, nära viadukten. Den vanliga platsen för självmord. Hon är här nere på bårhuset nu. Hon har ingen identifikation, men hon passar in på beskrivningen av den kvinna som du bad mig att hålla utkik efter. Borde ha dödsorsaken verifierad snart. Kom över när du kommer in, så uppdaterar jag dig då."

Miller åkte omedelbart till bårhuset. Kroppen låg på britsen och rättsläkaren och hans assistent skrev ner information.

"Du kanske vill ta en titt på det här", sa han och pekade på skärsåret över kvinnans hals.

"Självmord är uteslutet då", föreslog Miller, "baserat på vinkeln på bladet kan hon inte ha gjort det själv."

"Exakt", bekräftade rättsläkaren. "Och vi hittade också spår av hud och hår under hennes fingernaglar."

Miller tittade på kvinnans naglar, målade i kardinalrött. När han tittade på hennes ansikte såg han att en fläck av det matchande läppstiftet fanns kvar på hörnet av hennes överläpp.

"Vi har redan skickat prover till labbet. Vi borde kunna identifiera henne och eventuellt hennes angripare om vi hittar en matchning för någon av dem i databasen."

"Har du något emot om jag tar ett prov på hennes fingeravtryck, så att jag kan köra det genom vår databas när jag kommer tillbaka till kontoret? Det kan vara en snabbare väg till en ID-handling om hon har åtalats för något brott."

Rättsläkaren nickade.

"Vad mer vet vi om henne?"

"Åldern uppskattas till mellan 34-37 år och hon var flerbördig."

"Två födslar", sa Miller. "Kan du säga när hon födde barnen?"

"Kejsarsnitt. För sju, åtta år sedan. Vaginal förlossning nyligen."

"Något annat?"

"Vi uppskattar tidpunkten för dödsfallet till lördag kväll, mellan 19.00 och 21.00. Ingen alkohol eller droger hittades i kroppen." Han tvekade, "En sak till, hon hade bett på baksidan av benen." Han vände på kroppen. "Se här och där, bett. Snappsköldpaddor kan vara orsaken, men betten är stora."

"Jag förstår", sa Miller. "Tack." Han gjorde en paus. "Vad är det där, nära ryggraden?"

"Ett födelsemärke."

Det var ungefär lika stort som en galning.

Miller lämnade byggnaden och solljuset träffade honom med full kraft. Han satte på sig sina mörka glasögon och fortsatte att gå till sitt fordon och tänkte på barnet som bodde hos Abe. Han hoppades att den döda kvinnan och den försvunna mamman inte var samma person, men hans magkänsla sa något annat.

KAPITEL 20

LEGAL EAGLE

Abe var uppe och ute ur huset innan de andra vaknade. Efter samtalet med El bokade han ett möte med sin gamle vän, tillika deras advokat, Travis Anders.

"Jag vill att du går vidare och upprättar papperen. När Benjamin fyller tjugoett ärver han huset och butiken."

"Oj, ta det lugnt nu. El då?" sa Travis.

"Vi kan hjälpa honom i butiken om det behövs. Men han kommer att ha ett incitament att engagera sig mer eftersom det blir hans en d ag."

"El behöver också vara här. Huset och butiken står i era bådas namn."

"Om du sammanställer blanketterna åt oss så tar jag med henne för att skriva under dem. Vi har redan diskuterat det."

"Vad är det för brådska?"

"Ingen brådska som sådan. Jag vill bara få bollen i rullning. Hur lång tid tar det för dig att få allt klart?"

"Ge mig en vecka", sa Anders. "Sedan måste du komma tillbaka med El. Har du diskuterat det med Benjamin redan?"

"Inte ännu. Jag vill se hur det ser ut på papper. Hur allt hänger ihop innan vi involverar honom."

"Jag tar gärna emot dina pengar, Abe, men om jag upprättar papperen och han vägrar, måste du ändå betala mitt arvode."

"Jag förstår. Skulle inte vilja ha det på något annat sätt."

"Okej, Abe. Lämna det till mig. Jag hör av mig när det är klart och då kan du ta med El." Han tvekade.

"Jag skulle diskutera det med Benjamin under tiden, även om det är en hypotetisk situation."

"När det är undertecknat är det officiellt?" Abe frågade. "Vad händer om vi ändrar oss?"

"Jag kommer att inkludera en kodicil. Ifall ni bestämmer er för att återkalla erbjudandet i framtiden."

"Tack, Travis."

"Åh, och du är inte juridiskt bunden att avslöja kodicillen för pojken, om du inte väljer att göra det. När vi ger honom papperen för underskrift bör han dessutom ha en egen advokat närvarande. Om han inte har råd med det, föreslå att han kontaktar rättshjälpen för att få hjälp. Vi kan prata om det när vi träffas, jag kan informera honom eller rekommendera en annan advokat. Vi måste ge honom lite tid innan han skriver på."

"Benjamin är som en son för oss", sa Abe, "och jag vill göra det här enkelt för honom."

"Vänta nu Abe, var snäll och sitt ner", sa Travis. "Jag är din advokat, men jag kan inte företräda er båda. Det är för hans eget bästa att han får en annan advokat än mig."

"Vi har känt varandra i tjugofem år", sa Abe. "Jag litar på dig. Pojken har inte råd med en annan advokat. Det verkar löjligt för mig att betala någon annan när jag litar på dig."

"Jag kommer att förklara allt för honom på tu man hand så att han förstår och kan ställa frågor utan att du eller din fru är närvarande. Kodicillen är till för din och Els sinnesro. Det är inte en reflektion över pojken, det är en fråga om lag. Att sätta allt på pränt är till skydd för alla inblandade."

"Jag värdesätter ditt råd", sa Abe. Han gjorde en paus.

"Vilket påminner mig om att jag tittade på repriser av Matlock häromkvällen."

"Jag brukade älska den serien", sa Travis. "Var snäll och fortsätt."

"I avsnittet försökte de tvinga en maka att vittna mot sin man. Kaos uppstod, men Matlock fick det utdömt av domstolen."

"Ah, den där Matlock. Reglerna har ändrats sedan dess. I Kanada idag kan en fru bli kallad att vittna, men hon behöver inte avslöja någonting. Inte om det inträffade under tiden de var gifta. Det är känt som äktenskapligt privilegium, avsnitt 4, Canada Evidence Act."

"Verkligen intressant", sa Abe. "Hur fungerar det med barn? Kan en förälder tvingas att vittna mot ett barn eller tvärtom?"

"Det har varit många diskussioner om detta genom åren."

"Och vad säger lagen?"

Travis gick till sin bokhylla och bläddrade tills han hittade vad han letade efter. "Det är ett barns grundläggande rättighet att bli hörd i alla precedensfall. Det är artikel 12 i FN:s konvention om barnets rättigheter. Ratificerad 1991." Han slår igen boken och lägger undan den. "Några andra frågor?"

"Nej, tack för din tid." Abe reste sig och sträckte fram handen.

"Jag hör av mig", sa Travis.

Abe gick hemåt. Att ha någon där som kunde ta hand om hans fru när han hade åkt var hans högsta prioritet. Han var nästan hemma nu och undrade om sergeant Miller hade några nyheter att berätta. I den här situationen var inga nyheter goda nyheter. När han äntligen kom hem gick han i n.

KAPITEL 21

SGT. MILLER VID STATIONEN

SERGEANT MILLER SÅG HUR män och kvinnor i handfängsel tågade in på stationen. Det kändes som om han befann sig mitt i ett dåligt reality-program.

"Var det en fest?" frågade han den arresterande polisen.

"Ja, en gatufest på östra sidan. Droger och alkohol överallt."

En kvinna fångade hans uppmärksamhet när han skrev under ett formulär. Hon var blond, hade en påtagligt för kort kjol och för mycket smink. Hon ger honom en kyss. Han vände henne ryggen. Hellre kadaver än en sådan mor.

Han undrade om vilken mor som helst var bättre än ingen mor alls. Det var som frågan om ett träd faller i en skog, hör någon det? Det fanns inga korrekta svar i teorin, men i verkligheten - ingen mamma måste vara bättre än de få han hade stött på.

Han gick tillbaka till sitt kontor precis i tid för att få resultatet av fingeravtrycksskanningen för kvinnan på plattan. Visst fanns hon i databasen, men hon hade inte alltid varit en lokalbo. Hon var från Quebec. Han undrade vad hon gjorde i stan. Han fortsatte att söka efter information och hittade en Missing Person Report. Ja, det var kvinnan på plattan. Han bläddrade igenom filen och kollade upp hennes bakgrund. Sedan ringde han en av sina vänner i Montreal. En av killarna som inte hade något emot att konversera på engelska - och berättade detaljerna för honom.

"En kvinnas kropp har precis hittats, baserat på en Missing Person Report som lämnats in via ditt kontor är det Marie Levesque", sa Miller.

Det var tyst i andra änden innan kontorschef LaPlante frågade: "Dödsorsak?"

"Hennes hals var avskuren, men det är ännu inte fastställt om det var dödsorsaken."

"Jag ska meddela honom. Han arbetar med Ontario Provincial Police."

"Är han en lokal polis? Jag kan kontakta dig om du föredrar det. Berätta allt han vill veta och vart han ska komma för att identifiera kroppen. Jag kan vara där med honom om han vill det. Om han inte har någon familj här."

"Hon var allt han hade", LaPlantes röst vacklade. "Han arbetade under täckmantel."

Miller tvekade. "Kan det här mordet ha något att göra med hans utredningar? Har hans täckmantel avslöjats?"

"Uh, jag vet inte. Jag ska ta upp det här med flaggstången. Jag tar reda på vad jag kan, och du gör detsamma på din sida. Har du kontakter inom OPP?"

"Visst, jag ska vara diskret."

"Tack, Alex."

"Visst."

Miller lade på, men höll telefonen mot örat. Han gnuggade hakan på det ställe där hans skägg brukade vara. Han saknade skägget, men det gjorde inte hans fru.

Det var i alla fall inte lilla Katies mamma, men det var fortfarande ett mord. Med OPP inblandade kunde saker och ting i staden bli lite mer komplicerade. Han slog Abes nummer och väntade medan det ringde flera gånger.

✳✳✳

"Hej Abe, det är sergeant Miller, Alex här."

"Hej."

"Jag ringer bara för att höra hur det är med Katie?"

"Ja, Katie trivs bra", bekräftade Abe. "Några nyheter om hennes mamma?"

"Vi har några ledtrådar, dock inget säkert."

"Kan jag hjälpa till?"

"Vi skulle vilja ha mer information om henne, som hennes efternamn."

"Det är Walker, det fick jag reda på när jag pratade med en av hennes grannar."

Han satte sig ner. "När då?"

"På lördagen. El tog med henne för att handla det nödvändigaste och jag följde med för att ta en titt."

"Jag antar att Mrs Walker inte var hemma?"

"Inga tecken på henne eller någon annan. Jag pratade med grannarna."

"Låtsades du vara en av oss, jag menar, en polis?"

"Jag? Det tror jag inte att jag skulle klara av, jag är alldeles för kort", sa Abe. Båda skrattade. "Oroa dig inte, jag var diskret."

"Något relevant du vill dela med dig av?"

"Uh, ja, massor av män. En granne sa att det var som om huset hade en svängdörr. Hon sa att mamman var gatans samtalsämne - och inte på ett positivt sätt."

"Intressant. Kände du av animositet eller något i närheten av ett motiv?"

"Nej, inte alls. Hon är nyfiken och uttråkad - men sannolikt inte en mördare. Den kvinna jag tillbringade mest tid med var förtjust i Katie. Hon såg dem lämna huset. Undrade varför hon hade med sig sin docka till skolan. Hon såg dem aldrig återvända hem. Min bedömning var att den här kvinnan vet allt som pågår, på gatan med alla."

"Okej, Abe, tack för att du berättade. Håll dig dock borta från området nu och lämna utredningen till oss."

"Om du och poliserna går ut till huset skulle jag vilja följa med er, om jag kan."

Miller tog ett djupt hörbart andetag. "Det är inte standardförfarande att ta med en civilperson och det kommer att ta ett tag att få en fullmakt. Vi måste förmodligen bryta upp dörren."

"Jag skulle ändå vilja vara där. Jag lovar att inte vara i vägen - och grannarna har sett mig, känner mig."

"Eftersom det är du kan jag nog göra ett undantag om du lovar att sitta kvar i bilen tills jag säger till. Jag ringer dig när jag har ansökt om fullmakt och ett team som kan följa med. Om du är redo kan du ansluta dig till oss. Om inte, tar vi oss till Walkers bostad utan dig. Förstått?"

"Hundra procent", sa Abe och log ner i luren. Han lade på och vände sig sedan till sin fru som var upptagen med att borsta Katies hår, "Jag kanske måste gå ut så fort telefonen ringer."

"Har det här något att göra med Katie?" frågade Benjamin. Han hade tittat på TV.

Abe flyttade sig närmare honom och viskade: "Det var sergeant Miller på linjen. De har inga definitiva nyheter."

"Får jag följa med?" frågade Benjamin.

"Det behövs inte, men tack", sa Abe. Han sänkte rösten till en viskning: "Sergeant Miller ville inte att jag skulle följa med, men jag insisterade. Du och jag ska undersöka hennes hus."

"Okej, låt mig veta vad ni hittar. Under tiden tar jag hand om saker och ting här. Kanske ta ut Katie för frisk luft." Benjamin ställde sig upp och sa: "Är det någon som vill ta en promenad?"

"Jag!" Katie skrek.

"Jag också!" sa El.

De gick och Abe satt bredvid telefonen och väntade på att Sergeant Miller skulle ringa.

KAPITEL 22

ATT SE SIG OMKRING

Miller uppdaterade polischefen om Katies situation. Medan han väntade på husrannsakan organiserade han två poliser som skulle följa med honom. Han ringde Abe: "Vi är hos dig om tio minuter, är du redo att åka?"

"Tio-fyra", svarade Abe.

Poliserna fnissade bakom Miller.

"Han är en bra man", sa Miller och tryckte gaspedalen i botten.

Abe var väldigt glad över att vara en del av tillslaget. Han log när polisbilen körde fram till huset. Miller klev ur och gav honom en skottsäker väst som han tog på sig under s kjortan.

Medan han gjorde det presenterade Miller honom för poliserna Belago och Rippon. Han skakade hand med dem. Han ville att de skulle veta att Abe Julius inte var en fegis.

Abe ville sätta sig i baksätet, men de två poliserna väjde för honom så att han kunde sätta sig i framsätet. "Och nej, du får inte leka med sirenen", sa Miller. Poliserna skrattade.

Miller hade lite av en blyfot och en av poliserna i baksätet sa det. Han skrattade. "Jag är fortfarande din chef, även med en civilperson i framsätet. Vid huset kommer vi tre att gå in. Abe som överenskommet stannar du kvar i fordonet."

"Ja, jag förstår, men låt mig veta om du behöver min hjälp."

"Eh, ja." Sedan tittade han i backspegeln: "När vi väl är inne ska vi ta en snabb titt runt omkring. Som vanligt tar du på dig handskarna och kommer ihåg att inte röra eller flytta något.

"Som vi diskuterade skulle ett fotografi av mamman och dottern vara praktiskt. Leta också efter ett med pappan på."

Abe flyttade på sig i sätet. Han skulle älska att få chansen att dricka en kopp te till och prata med den nyfikna grannen.

"Jag låter radion vara på när vi går in så att du kan lyssna på lite musik."

De stannade vid en korsning med köer. En krock med flera fordon blockerade trafiken. Miller satte på rödljuset med sirenen och öppnade vägen, efter att han frågat om alla var okej.

"Får jag låna den där någon gång?" frågade Abe och rullade ner fönstret.

Alla skrattade när Miller sa: "Aldrig i livet."

"Vi är här", sa konstapel Belago.

Miller skruvade upp volymen på radion. "Allt är klart, Abe. Du stannar här och väntar."

"Jag skyddar fordonet", sa Abe.

Sergeant Miller tog på sig sina handskar. "Nu kör vi, grabbar."

✳✳✳

SERGEANT MILLER KNACKADE FÖRST och ringde sedan på dörrklockan, medan poliserna Rippon och Belago höll utkik. När ingen öppnade gick Rippon runt den högra sidan av huset, medan Belago täckte den andra sidan. De återvände efter en liten stund.

"Allt klart", sa Belago.

"Allt klart, chefen."

"Okej, låt oss se om vi kan ta oss in utan att bryta upp dörren", sa Miller.

Belago tog fram verktyg från bakluckan på bilen. De bröt upp låset på nolltid.

Miller stack in huvudet och ropade: "Hallå? Är det någon hemma?"

De hörde ingenting och tog sig in med vapnen redo. Det enda ljudet var kylskåpet som surrade. Miller öppnade dörren och såg att det var fullt med mat, kryddor och flera flaskor okorkat vin.

"Det ser inte ut som någon som planerat en resa", konstaterade han.

Belago och Rippon undersökte bottenvåningen.

"Allt klart och säkrat", rapporterade Belago.

På spiselkransen i vardagsrummet fanns familjefoton utställda. "Ta det där", sa Miller och pekade på ett foto av en liten flicka och en man. Abe hade inte nämnt någon far. Grannen hade faktiskt berättat för Abe att huset hade en roterande dörr av män. Vem var då killen på fotot med Katie? Efter att ha tittat på alla foton som visades blev han förvånad över att det inte fanns några foton på mor och dotter.

Poliserna följde Miller upp för den knarrande mattan i trappan.

"Hej, polisen!" Miller ropade, med sitt vapen riktat framåt och redo för allt. Allt utom det som trängde in i hans näsa. Den oförglömliga stanken av död.

Poliserna fick ofrivilligt kväljningar när de fortsatte att ta sig upp för trappan. Nu på trappavsatsen var stanken outhärdlig.

I kontrast till stanken var det första rummet till höger ett barnrum, helt inrett i rosa, med volanger på sängen och blommiga tapeter.

När de fortsatte blev stanken värre och deras ögon fylldes med vatten, "Det här ser inte bra ut, Boss", sa Belago, sedan höll han andan.

"Det luktar inte heller gott", svarade Miller medan han gick vidare mot rummet i slutet av korridoren.

Det visade sig vara det stora sovrummet med dörren vidöppen och inuti, i sängen, låg en död man.

Och det var inte vilken död man som helst. Det var mannen som de just hade sett på nedervåningen på ett foto på spiselkransen med den lilla flickan.

Han låg under täcket, men överkroppen och underkroppen såg konstiga ut, eller för att vara mer specifik, de var konstigt inriktade. Upprätt, men inte rak. Han kastade tillbaka täcket.

"Jesus", sa konstapel Belago och observerade att mannen satt bredvid sig själv.

"Varför skulle någon sätta upp någon så där efter att ha delat dem på mitten?" frågade Miller.

"Det finns inget blod här", konstaterade Rippon, "och inga blodspår."

Köttiga rankor kom ut från båda halvorna av torson.

"Likstelhet har inträtt, vilket förklarar positionen - något," sa Miller. "Jag ringer in det, ni två kollar runt efter vapnet." Sedan talade han i telefonen igen.

"Ja, det här är sergeant Miller. Vi behöver ett helt kriminaltekniskt team här nere. Och förstärkning för att säkra fastigheten. Dessutom rättsläkaren, en ambulans och en liksäck. Och säg åt dem att inte använda sirenerna - vi vill inte att hela grannskapet kommer ut för att se showen. Ja, tio fyra."

"Chefen, vi har hittat något", ropade Belago från korridoren.

Badrummet var en blodig röra. I badkaret: en motorsåg. Blekmedel hade hällts på den för att dölja lukten av allt blod.

"Han blev definitivt skuren här", sa Rippon och höll för näsan med baksidan av handen.

"Blekmedel, blod och luftfräschare, en dödlig kombination", sa Miller och kämpade emot en s töt.

Han ropade in igen: "Säg åt kriminalteknikerna att komma i full utrustning." Sedan till poliserna: "Låt oss se vilka bevis vi kan samla ihop innan de andra anländer."

"Hur blir det med din vän i bilen?"

"Han stannar där han är tills jag säger något annat."

"Inte den nyfikna typen?" frågade Belago.

"Visst är han nyfiken, men han vet när gränsen går."

KAPITEL 23

KROPPEN

De återvände till rummet med kroppen när Millers telefon ringde. Det var polischefen som bad om mer information om den mördade mannen. "Han har varit död i ett par dagar, i trettioårsåldern, man, vit."

"Någon aning om hur han dog?"

"Ja. Vi hittade en bågfil i badrummet. Han styckades där och flyttades sedan i två delar in i sängen. De gjorde sig mycket besvär med att tömma kroppen först och lägga segmenten under täcket på sängen. Det var som om han satt bredvid sig själv."

"Låter som någon med ett märkligt sinne för humor."

"Här bor en mamma och ett barn. Den här killen var med på ett foto på spiselkransen med lilla Katie. Jag förstår inte hur en kvinna skulle ha kunnat göra det här utan hjälp."

"Det låter som ett jobb för minst två personer. Berätta mer när du återvänder till stationen."

"Det ska jag göra", sa Miller och kopplade sedan ner.

"Sergeant", viskade Rippon, "den här killen ser bekant ut."

"Han var med på fotot där nere."

Miller skrattade. "Jag håller med, han ser ut som någon. Kanske är han från en framstående familj?"

"Hallå!" ropade en kvinnoröst från nedervåningen.

"Jösses, vem är det nu?" frågade Miller och gick ut till trappan.

Kvinnan i foajén passade in på beskrivningen av den "nyfikna grannen" som Abe sagt att han talat med. Han lutade sig över trappräcket.

"Vänligen lämna lokalen omedelbart."

Hon rörde sig inte, som om hennes fötter var cementerade på plats. Hon började babbla, "så orolig för den lilla flickan, stackarn."

Han började gå nerför trappan, "Du måste gå."

Hon hoppade till.

"Tack för din, eh, omtanke, men vi vill att du går nu." Han ledde henne ut ur huset och ut på gräsmattan. Han stirrade på Abe och undrade varför han inte hade hindrat henne från att gå in, men kom sedan ihåg att han hade gett sin gamle vän specifika instruktioner om att stanna kvar vid fordonet oavsett vad som hände.

Miller gick tillbaka in i huset och låste ytterdörren efter sig. Han hade kommit ner när kriminalteknikerna och de andra anlände och släppt in dem i stället för att ta risken att någon av de andra grannarna skulle våga sig in.

Judy Smith snörvlade i sin näsduk på gräsmattan framför huset och fick sedan syn på Abe i polisbilen. Hon vinkade åt honom och han vinkade tillbaka.

Sedan gick hon över gatan till sitt eget hus och stod där och gapade.

✳✳✳

ET DRÖJDE INTE LÄNGE förrän flera fordon fyllde uppfarten och kantade gatorna.

"Här finns inget att se", sa en till Judy Smith.

Abe tittade på allt som hände runt omkring honom och ville så gärna veta vad det var som hände. Vad hade de hittat där inne? Var Katies mamma död? De hade tagit in en bår till någon. Kanske var hon skadad? Och Judy Smith hade gått rakt in i huset, fräck som brass. Om han bara kunde komma ut och ställa frågor.

Han fortsatte att titta på när de spärrade av fastigheten med den gula tejp som han bara hade sett på TV. Och teamet av människor som gick in med masker och handskar - de var kriminaltekniker. Han hade också sett dem på TV.

Han kände sig som ett krusbär och var glad när Miller satte sig i bilen igen.

De körde vidare - under hela resan yttrade Miller inte ett enda ord. Inte ens ett farväl när Abe klev ur bilen.

✳✳✳

På vägen tillbaka till Walker-huset gick Miller igenom vad han visste. Han var tacksam för att Abe inte hade bombarderat honom med frågor.

När han parkerade nere på gatan från huset klev han ur bilen. Han lade märke till ett gardinskift och undrade om det var där den nyfikna grannen bodde. Han knackade på ytterdörren och visade sin polisbricka.

"Sergeant Miller", sa han. "Jag ber om ursäkt för tidigare, men civila får inte vistas på brottsplatsen."

"Jag förstår", sa hon. Sedan lutade hon sig närmare, "Jag missar aldrig ett avsnitt av CSI och jag har läst varenda Agatha Christie-roman."

Han log. "Har du något emot att jag ställer några frågor?"

"Nej, jag hjälper gärna till. Jag är hemma hela tiden och har problem med rörligheten. Kom in och sätt dig." Han följde henne in i vardagsrummet. Hennes stol pekade till hälften i riktning mot TV:n och till hälften i riktning mot gatan. Rummet hade en svag doft av cigaretter och VapoRub. Den kraftiga kvinnan släppte snarare än satte sig i sin stol.

Miller lät henne komma till rätta och frågade sedan: "När såg du senast någon komma eller gå från huset på andra sidan gatan?"

Hon knäppte händerna och lade dem i knät. "På fredagsmorgonen gick den lilla flickan och hennes mamma, senare än vanligt."

"Katie är hennes namn, eller hur? Och hennes mamma heter Jennifer?"

"Ja, det stämmer. Och de släpade med sig den där dockan."

"Något annat om Mrs Walker? Vi hörde att hon återvände till huset efter att hon gått ut, men utan barnet."

"Inte vad jag såg." Hon stannade upp. "Åh, när jag tänker på det, jag tog en snabb dusch." Hon tvekade, lutade sig sedan närmare och viskade: "Jag är inte den som berättar historier, men en sak jag lade märke till med Mrs Walker var att hon hade peruk på sig den där morgonen. Jag tänkte att vart i hela friden går den kvinnan med sin lilla flicka klädd i glittriga sandaler och bärandes på en docka en skoldag? Jag tänkte att hon kanske tog med den för att visa och berätta, men det är bara för yngre barn." Hon tvekade.

Hon tittade ut genom fönstret när en bil körde förbi och fortsatte sedan. "Och hon som var så uppklädd och hade peruk? Inget av det var ett uns logiskt. Och jag satt där och tänkte på den stackars lilla flickan.

"Jag har bott på den här gatan i hela mitt vuxna liv och har sett många konstiga saker. Jag skulle behöva gott om tid för att berätta allt." Hon tog ett djupt andetag. "Men du är inte intresserad av allt det här, du är intresserad av Walkers. Låt mig bara säga att den där morgonen var det första gången och förmodligen sista gången som jag någonsin kommer att se en så ovanlig trio gå längs vår g ata."

"En peruk, va?" Det här var ny information. Han tog fram penna och papper.

"Ja, det var udda. Förutom peruken hade Katie sandaler på sig, olämpligt för skolan. När mina pojkar gick i skolan skulle sådana sandaler inte ha varit tillåtna. Det fanns regler att följa. Allt förändras, alltid till det sämre." Hon väste. "Dessutom kämpade barnet för att hänga med och de hade precis lämnat huset och hon hade den där dockan i släptåg."

"Dagen innan då, såg eller hörde du något?" Han kände igen hennes typ. Abe hade rätt. Judy Smith hade inget bättre för sig än att lägga näsan i blöt i alla andras affärer. Det var inte precis en egenskap han letade efter hos en vän eller granne, men i det här fallet kunde det sluta med att hon var hans enda ledtråd.

Hon tänkte på saken. "Dagen innan, ingenting. Ingen kom eller gick." Hon tvekade. "Men dagen före den dagen minns jag något. Vill du ha en kopp te?" Hon vred kroppen lite för att se en katt gå f örbi.

"Nej tack", sa han. "Var snäll och fortsätt."

"I torsdags var jag ute och hämtade maskar till min son."

Han tittade upp från sitt anteckningsblock.

"Min son fiskar på sin lediga dag. Läkaren säger att det är okej att jag samlar maskar."

Han nickade. "Bara fakta, tack." Han önskade verkligen att hon skulle komma till saken.

"Jag hörde skrik och höjda röster."

Han satte sig upp, nu var han intresserad igen. "En kvinnas? Ett barns?"

"En kvinna, ja. Och en man."

Han nickade för att hon skulle fortsätta.

"Jag var klar med maskarna och allt blev tyst. Jag återvände in."

"Någon aning om vem mannen var eller när han kom?"

Hon rynkade pannan. "Män kom och gick i det huset. Jag skulle behöva en omfattande lista för att hålla reda på det." Hon plockade upp en pocketroman och fläkte sig. "Åh, jag kommer ihåg något annat. Det bara kom till mig. På fredagen runt lunchtid, när hon kom tillbaka - Ms Walker, väntade en bil. Hon släppte in den i garaget."

"Vad hände sedan?"

"Jag somnade. Ibland sover jag här i min stol. Men jag hörde det, tydligt - ett dånande ljud. Som en gräsklippare, eller..."

"En såg?"

"Det kunde ha varit en såg."

"Åh," sa han. "Såg du fordonet lämna platsen?"

"Nej." Ytterdörren öppnades med ett skrik och slogs sedan igen. "Charlie?" ropade hon. Charlie var hennes taxichaufförsson och efter att ha presenterat sig för honom berättade hon om s amtalet.

"Jag kom hem på lunch i fredags eftermiddag", sa han. "Mamma hade nickat till i sin stol, men ljudet väckte henne. Jag hörde det när jag gick från min bil. Jag tyckte definitivt att det lät som en motorsåg."

"Är ni båda säkra på tidpunkten?"

De nickade.

På övervåningen hörde Miller en stol skrapa mot golvet. "Är det någon annan i huset?"

För första gången verkade kvinnan nervös och hon vred sina händer medan hon talade. "Ja, det är min andra son. Jag kommer upp om en minut!" ropade hon utan att försöka resa sig upp.

Ett ljud, som av ett skadat djur, ljöd genom huset. Efter två försök var hon på fötter. "De säger att han inte är helt frisk i huvudet, men han är fortfarande min son."

"Det är okej, mamma", sa Charlie och klappade henne på armen när hon gick förbi.

"Jag skulle vilja träffa honom", sa Miller.

"Visst - kom upp", sa Judy och gick upp för den första trappan medan hon höll sig i räckena på båda sidor. Miller gick längst bak. När hon kom upp för trappan knackade hon försiktigt innan hon gick in. "Vi har en gäst här som vill träffa dig, älskling, han är polis."

Miller knuffade sig in och sträckte fram handen till mannen - som inte gjorde detsamma. Istället satt han med fingrarna på höger hand på tangentbordet till en liten bärbar dator. Mannen tittade ut genom fönstret när en bil körde förbi och klickade på tangentbordet.

Han gick tvärs över rummet för att titta närmare. Mannen höll på att skriva in registreringsnumret på polisbilen utanför. Inte bara bilen, utan alla fordon han kunde se. "Är du intresserad av fordon eller registreringsnummer?" frågade han.

"Nej, nej, nej!" skrek han och slog sig själv på sidan av huvudet med båda nävarna.

"Gerald, nu får du sluta med det där!" sa hans mamma och tog tag i båda hans nävar och när han hade lugnat ner sig kysste hon honom på pannan när hon släppte dem. "Den trevlige mannen visade bara intresse för ditt arbete."

Gerald knackade på sitt tangentbord.

"Vi går nu, var inte oförskämd och skäm ut din mamma mer. Fortsätt med ditt utmärkta arbete." Hon stängde dörren bakom dem. I trappan sa hon: "Han har problem."

"Det har vi alla", svarade Miller. Tillbaka i vardagsrummet var Charlie inte längre där.

Han väntade på att hon skulle sätta sig, innan han satte sig själv. "Du kallade det han gjorde för arbete, vad menade du?"

"Har du hört talas om hexakosioihexekontahexafobi eller triskaidekaphobi?" frågade hon.

"Tyvärr inte. Men fobi sticker ut. Han har fobier, vad handlar det om?"

"Han är rädd för siffror som sextiosex och tretton. Det finns ingen rim och reson till varför. När han träffade en psykiater föreslog hon att han skulle föra ett register över bokstäver eller siffror. Han registrerar registreringsnummer, de är lättast för honom att se eftersom han är i sitt rum större delen av tiden."

"Det kan vara till nytta för oss att se vad han har antecknat. Hur länge har han hållit på med det?"

"Flera år, och ja, det skulle kunna ordnas, om det skulle hjälpa."

"Jag vet inte om du vet, men Jennifer Walker är försvunnen. All information om hur hon kommer och går skulle vara till hjälp."

Han gav henne sitt kort. "Där finns min e-postadress. Om du kan skicka filen till mig behöver den inte vara tillrättalagd eller vacker. Jag ska låta mina medarbetare gå igenom den och se om det finns något vi kan använda."

Hon följde honom till dörren och vinkade adjö. När han gick därifrån såg Miller hur gardinerna på övervåningen öppnades en aning och sedan drogs för igen.

Den unge mannen på övervåningen hade en skatt av information. Möjligen ett register över varenda registreringsnummer för vartenda fordon som någonsin kört in på gatan.

Han undrade om grannarna visste att deras och deras gästers fordon var taggade. Han log. Om de visste skulle de säkert inte gilla det - och det stred förmodligen mot alla lagar som fanns. Men han hade ett mord att lösa och en försvunnen kvinna att hitta - och han skulle använda alla medel han kunde komma över för att hitta den bakomliggande orsaken till det.

När han körde tillbaka till stationen tänkte han på hur lätt det var för Abe att hitta den nyfikna grannen. Han hade bra instinkter och upptäckte det snabbt, och det var första gången han besökte grannskapet. Det var en rimlig bedömning att alla grannar kände till Judy Smiths vana att lägga näsan i blöt i deras liv. Var det därför som den som styckat kroppen hade låtit den ligga kvar under täcket istället för att göra sig av med den?

Han återvände till stationen. Hur han än försökte kunde han inte få den vidriga stanken av död ur näsborrarna. Han kollade sin e-post, inget från Smith-kvinnan än.

Utan några meddelanden eller någon ny information att följa upp gick han över till bårhuset. Om inte annat kunde han uppdatera dem om den senaste informationen - Jennifer Walker hade burit peruk. Nu måste han vidga vyerna.

Det finns inte mycket annat han kan göra förrän de har identifierat den döde. Han önskade att han kunde minnas var han hade sett honom. Minnet var bara utom räckhåll.

En sak visste han säkert, mannen hade inget gott i kikaren.

KAPITEL 24

ABE OCH EL

När han kom hem gick Abe direkt till sitt kontor. Han behövde tid för sig själv för att bearbeta allt han hade sett.

"Knack, knack", sa El när hon kom in. "Du ser bekymrad ut, älskling", hon masserade försiktigt sin mans axel.

"Jag tänker bara", sa han och rätade på sig i stolen. El fortsatte att massera hans axlar och sedan flyttade hon händerna till hans nacke.

När hennes fingrar började göra ont frågade hon: "Vill du ha en kopp varmt te?"

Abe reste sig upp. "Det vill jag gärna, men jag hämtar det själv." Han lämnade kontoret.

El följde efter honom: "Varför gör jag inte en kopp åt dig? Jag skulle också behöva en kopp te."

"Nej, låt mig", sa Abe när de närmade sig köket. El följde tätt i hälarna på honom.

"Kan du sluta tjafsa!" sa Abe, lite mer högljutt än han hade förväntat sig.

"Är allt okej?" frågade Benjamin.

El svarade: "Allt är bra. Vi bestämmer vem som gör en bättre kopp te. Än så länge tror Abe att han vinner. Gå nu tillbaka och titta på ditt spel."

Benjamin och Katie tröttnade på TV:n, stängde av den och började spela ett parti dam.

"Låt mig inte vinna den här gången!" sa Katie.

"Det gör jag aldrig!" sa Benjamin, över det klirrande ljudet av koppar och fat i köket.

Några ögonblick senare stack El in huvudet i vardagsrummet. "Vem vinner?" frågade hon.

"Shhh," sa Katie. "Han koncentrerar sig."

Benjamin log.

"Det är en härlig solig dag där ute och jag tycker att ni två ska gå ut och ta lite frisk luft. Eller kanske sparka runt en boll!"

"Det var en smart idé. Kom igen nu!" sa Benjamin.

"Det säger han bara för att jag vinner!" Katie ropade och följde honom ut genom dörren och in i trädgården.

Från spritskåpet i hörnet av samma rum hällde El upp en shot av Abes femtioåriga favoritskotch i ett glas. Hon tillsatte en skvätt soda. Hon bar det till honom.

"Jag tänkte att något starkare kanske skulle lugna dina nerver."

Han log och tackade henne och rörde vid hennes hand. "Jag är ledsen, El."

Hon kysste honom på pannan och gick sedan till köksfönstret som vette ut mot trädgården. El skrattade och snart gjorde Abe henne sällskap. Tillsammans tittade de på de två barnen som sprang och lekte i trädgården.

Abe tog några klunkar och slappnade av. Han hoppades att den liksäck han hade sett vid huset inte innehöll liket av Katies mamma Jennifer Walker.

Kapitel 25

SGT. MILLER

Miller anlände till bårhuset och hade ett kort samtal med chefen för rättsmedicinsk patologi J.T. Patterson, som sedan var tvungen att lämna honom för att ta hand om en identifiering.

En stund senare anlände obduktionsteknikerna med liksäcken från Walkers hem. Bifogat fanns ett identifieringsformulär och en behållare märkt Personliga tillhörigheter. En fotograf tog bilder när förseglingen avlägsnades. Därefter placerades kroppen på undersökningsbordet. Miller höll sig ur vägen medan kroppen packades upp av dietisterna.

Patterson kom in i rummet igen och drog honom åt sidan. "En OPP-agent är på övervåningen i visningsrummet. Han har just identifierat kroppen av sin fru."

"Levesque?" Miller frågade.

"Ja, känner du honom?"

"Nej, men det var jag som rapporterade kroppen och baserat på den information jag såg i databasen trodde jag att det var hon."

"Skulle du kunna tänka dig att ta ett snack med honom? Där uppifrån kommer du att kunna se allt som händer här nere. Det kommer att ta ett tag innan vi påbörjar obduktionen."

"Visst."

"När vi väl börjar får ni gärna ställa frågor. Vi kommer att kunna höra och svara dig, även om våra svar kanske inte är omedelbara. Vår prioritet är personens kropp."

"Och det med rätta", sa Miller. Sedan lämnade han rummet och stannade till en kort stund på vägen för att hämta en kopp varmt te från automaten. Han gav den till Levesque, presenterade sig och sa sedan: "Jag beklagar det som hände din fru."

"Merci. Hon var allt för mig, mon monde entier. Våra barn klarade sig inte heller. Det krossade hennes hjärta. Det var därför vi flyttade hit, för att få ett miljöombyte och börja om på nytt." Han kämpade tillbaka en snyftning och tog sedan en klunk av det varma teet. "Bra", sa han.

"Jag är verkligen ledsen."

"Tack så mycket."

Miller och Levesque satt sida vid sida medan personalen nedanför förberedde sig för att påbörja obduktionen.

"Kan vi gå någon annanstans?" sa Miller.

"Nej, det är inte min fru. Jag är okej."

Patterson återvände till obduktionsrummet nedanför, klädd i operationsdräkt, operationsmärke, handskar och höga svarta stövlar. Miller och Levesque såg på när de tog prover och lade dem i behållare som sedan placerades i biosäkerhetsskåp.

När de verkade vara klara frågade Miller, "Uh, vad vet du så här långt?"

"Tack för att du väntade", sa Patterson. "Baserat på blåmärkena runt näsan och munnen och de blodsprängda ögonen är det mycket troligt att han dött genom kvävning. Vi måste dock vänta på att blodproverna kommer tillbaka från labbet för att bekräfta det."

"Så han var död innan han delades i två delar?"

"Jag skulle säga det", bekräftade Patterson.

"Jag känner den här mannen", sa Levesque och spillde nästan ut sin tekopp som han nu placerat på avsatsen.

Miller gick närmare. "Vem är han? Jag kände också igen honom, liksom mina officerare, men ingen av oss kunde minnas var vi hade sett h onom."

"Hans namn är Mark Wheeler. Vi har undersökt honom och hans medhjälpare i droghandeln. Han är son till F. D. Wheeler, miljardären och mediamagnaten."

Nu kom Miller ihåg; han hade träffat både far och son på insamlingsevenemang. "Säger namnet Jennifer Walker dig något?"

"Ja, hon var hans senaste erövring - hans extraknäck. Vad hände med henne?"

"Vi hittade honom så där i hennes hus och hon är försvunnen."

"Är hon misstänkt?"

"Definitivt. Och hör här, hans kropp var delad på mitten med en såg. Placerad i sängen, som om han satt bredvid sig själv."

"Låter som ett uttalande."

"Ett uttalande av vem? Och för vem?"

"Det vet jag inte", sa Levesque.

Miller tillade. "Jennifer Walker hade en liten flicka, visste du det?"

"Nej, det gjorde jag inte. Är hon också försvunnen?"

"Nej, hon är i säkerhet, men inga tecken på hennes mamma. Och det där huset var en enda röra. Hon kan inte gå tillbaka dit."

Levesque ställde sig upp. "Jag är ledsen att höra det här, men de väntar på mig vid begravningsbyrån. Om jag kommer på något som kan hjälpa dig så hör jag av mig. Tack för dina vänliga ord och för koppen te." Han slängde den tomma koppen i papperskorgen och lämnade rummet.

Patterson såg Levesque gå och sa: "Jag ringer dig när vi vet något definitivt. Det är ingen idé att stanna kvar. Det kommer att ta dagar innan labbet får tillbaka resultaten på vissa saker, andra, kanske timmar om vi har tur."

"Tack."

Miller återvände till stationen och klickade in Mark Wheelers namn i databasen. Det fanns massor av information om honom, både bra och dålig. Mestadels dålig dock, eftersom han var långt inne i knarkhandeln. Han tillbringade eftermiddagen med att fylla i rapporter och skickade ut ett par poliser för att meddela de a nhöriga.

Miller höll sig sysselsatt på stationen och kollade var han behövdes, när Patterson ringde flera timmar senare. "Resultaten kom precis in: dödsorsaken var kvävning. Jag hade rätt - han var död när de skar honom på mitten."

KAPITEL 26

HEM LJUVA HEM

Klockan var nästan midnatt. Huset var tyst förutom ett ljud, ljudet av Abes bara fötter som slog mot trägolvet när han gick fram och tillbaka. Han var mestadels klädd, bar sina strumpor och skor. Han suckade, lade händerna bakom ryggen och gick. Sedan vände han sig om och gick i motsatt riktning.

El låg i sitt nattlinne och smorde in kinderna och pannan med kall kräm. Hon satte upp kudden och tog en bok med Mary Olivers poesi från nattduksbordet och började läsa. Trots att Mary var hennes favoritpoet kunde El helt enkelt inte fokusera på orden eller radernas rytm.

Hon stängde boken, drog upp täcket och tittade på sin man som gick upp och ner. Till slut frågade hon: "Vad är det, min älskade?"

Abe stannade upp för en sekund och fortsatte sedan att ambulera.

"Berätta för mig. Du vet vad de säger om ett delat problem."

"Jag kan inte."

El bäddade ner sängen och klev i sina tofflor. Hon tog Abe i handen och satte ner honom på hans sida av sängen. Hon gick ner på knä, höll hans huvud mellan sina händer och började sedan massera hans tinningar. Abe gjorde motstånd till en början, mest för att han var trött, men snart lugnade sig hans andning. Hon knäppte upp hans knappar och tog av honom skjortan och bytte sedan ut den mot hans nattskjorta. Hon försökte knäppa upp hans b yxor.

"Resten kan jag göra själv", sa Abe medan han knäppte upp byxorna och drog ner underkläderna.

El plockade upp de smutsiga kläderna och lade dem i tvättkorgen. När hon kom tillbaka stod Abe som en liten pojke och väntade på att hans mamma skulle stoppa om honom i sängen.

"Som du vill", sa hon och tog honom i handen, bäddade in honom under täcket och fluffade till hans kudde.

"Tack, älskling", sa han och gäspade.

El återvände till sin sida av sängen och tog av sig sina tofflor. Hon gled in under täcket, eller försökte göra det, men som alltid hade hennes man lagt beslag på det mesta av värmen.

Hon flyttade tyst på sin kudde, försökte komma till ro, men kunde inte. Istället lyssnade hon på hans andning och då visste hon att han sov djupt.

Månskenet kom in genom gardinerna och kastade en magisk skugga på hennes sida av sängen. Hon slumrade till och mindes den dag då hon först träffade sin man.

Hon och hennes far arbetade i familjeföretaget. De sålde tyger från hela världen och alla tillbehör de kunde komma över som hade med sömnad att göra. Hennes far var stolt över att sälja de senaste och mest uppdaterade symaskinerna. Hennes mamma, som hon inte hade några minnen av, hade varit inspirationskällan till butiken. Hennes mamma hade dött när hon födde sin syster.

När de först startade verksamheten gjorde hon och hennes far det mesta av arbetet. Hennes syster hjälpte till när hon kunde. Deras bästsäljare och mest eftertraktade tyger var de som importerades från Asien och Europa.

Så en dag kom en tygförsäljare in: Abe. Hennes far hade träffat honom på en inköpskonferens i New York. Han talade varmt om den unge mannen och sa att han var född till att vara en "tygtouchare".

"Grabben har en talang", sa hennes far. "En gudabenådad gåva, att känna kvalitet och att känna igen trender innan de blir trender i tygbranschen."

"Varför anställer vi honom inte, pappa?" frågade El.

"Jag tror inte att vi har råd med honom. Men jag har bjudit honom på middag. Du kan laga din speciella stekta kyckling, kex och potatismos. Vi kan ta reda på om vägen till en mans hjärta verkligen är att ge honom mat."

Hon skrattade, men det var spännande att träffa den här nya mannen. Den här Abe, med gåvan.

Den eftermiddagen anlände han till butiken. Hon misstänkte nästan omedelbart att det var han. Han var drygt 1,80 lång och klädd i en grå kostym som satt som ett andra lager hud på honom. Hans blonda hår var bakåtkammat, prydligt, med inte för mycket olja. Hon drogs till honom, som ett bi till basilika, när hon såg honom dra fingrarna genom deras dyraste urval av importerade tyger.

Hennes far gick genom butiken för att möta honom. "Välkommen, Abraham", sa han när de skakade hand. "Det här är min dotter, El."

"Jag föredrar att bli kallad Abe", sa den unge mannen.

El rodnade, hon hade aldrig hört någon säga emot hennes far förut. Än idag blir hon varm om kinderna när hon tänker på det ögonblicket.

Sedan fanns det andra ögonblick. Det starkaste ögonblicket var när hon fick gåshud på armarna. Det var en magisk koppling. De var som gjorda för varandra. I bröllopspresent gav hennes far dem butiken.

Två år senare dog hennes far och hennes syster flyttade för att bilda familj med sin man. Under tiden höll hon och Abe verksamheten igång, trots mycket tuffa tider.

El, som alltid hade velat ha barn, kunde inte bli gravid. När testerna var klara bekräftades det att hon inte kunde bli gravid. Hon oroade sig för att göra Abe besviken, men han brydde sig inte - eller om han gjorde det, lät han henne inte veta det. Företaget blev deras barn.

Sedan, när de hade varit gifta i nitton år, kom en ung kille in i butiken. Abe tittade på den trasiga ynglingen, förväntade sig att han skulle stjäla något och var redo att ringa polisen.

El konstaterade: "Titta, han är en tygtjuv också."

De gick fram till pojken, som genast började gråta.

"Vill du ha en kopp choklad?" frågade El.

Han nickade och följde med henne in i köket, med Abe efter sig. Hon gjorde en kopp varm choklad med två skivor rostat bröd och de satte sig tillsammans vid bordet.

Pojken sträckte sig efter en brödskiva, tittade sedan på sina smutsiga händer och dolde dem.

"Badrummet ligger i korridoren", sa El. "Du kan fräscha upp dig där."

Medan han var borta sa Abe: "Jag hoppas att du inte har bitit mer än du kan tugga, älskling. Det är uppenbart att han är på flykt. Han luktar och - borde vi inte ringa polisen och låta dem ta reda på vem han är?"

"Han är liten och ofarlig. Kolla om han vill berätta för oss om sin situation först. Vi kanske kan hjälpa till."

"Det ska du få", sa Abe när pojken kom tillbaka med rena händer och ett skinande rent ansikte.

Han åt toasten först, blåste sedan på den varma chokladen och drack upp den. "Tack så mycket."

"Det var så lite så", sa El. "Är det någon du vill att vi ska ringa och hämta dig? Din mamma eller pappa?"

Han brast ut i gråt. "De är döda."

El gick fram till honom och slängde armarna om honom medan han berättade om bilolyckan, om fosterhemmet, om allt hemskt som hade hänt honom. Mest av allt, hur han inte kunde å tervända.

"Jag har en vän nere på stationen", sa Abe. "Han kanske kan hjälpa till."

El höll pojken i sina armar medan de väntade på Abes vän. "Han är en snäll man", sa hon. "Han vet vad han ska göra." Pojken kelade med henne.

Sergeant Miller kom lite senare, men då hade El redan erbjudit pojken gästrummet tills något mer permanent kunde ordnas. Det var så de blev en familj.

Nu var de alla beroende av varandra och butiken sålde inte tyger längre. Men hon hade ändå två tygtokiga personer i sitt liv, och vem vet när deras talanger kan behövas igen. Hon visste att allt var cykliskt.

El tittade ner på sin sovande make. Hon kysste sitt finger och tryckte det mot hans panna, noga med att inte väcka honom. Han log, precis när Katie hörde ett skrik i korridoren.

KAPITEL 27

KATIE

"Katie," viskade en röst. "Katie."

"Mamma, var är du?"

Den lilla flickan gnuggade sig i ögonen och kunde först inte komma ihåg var hon var. Hon kastade tillbaka täcket och klev ut på det kalla golvet. Sedan skuttade hon över till andra sidan av rummet och tände lampan. Nu gick hon mot fönstret där gardinerna fladdrade.

"Mamma, är det du?"

Ventilationsöppningen i golvet under fönstret, värmen som strålade ut från den, drog henne till sig som en magnet. När hon klev på ventilen ballongade nattlinnet runt henne och fylldes med värme från värmen.

"Katie", viskade rösten igen. "Var är du, Katie?"

"Jag kommer, mamma", sa hon och försökte titta ut genom fönstret, men det var för högt för att hon skulle kunna nå det.

"Jag väntar på dig", sa hennes mamma. "Jag väntar här."

I sin iver att få se henne letade barnet efter något att stå på. Hon tog en vas med solrosor från ett bord och drog in den under fönstret. Sköt sängen bredvid den. Stod först på sängen, sedan på pallen. Skiljer gardinerna åt. Det var kolsvart på gatan nedanför, förutom skenet från g atlyktorna.

"Mamma!" ropade hon och försökte öppna fönstret. När hon inte kunde nå det övre låset knöt hon nävarna och bankade på glaset.

"Katie", viskade hennes mamma. "Katie."

"Vänta, mamma, snälla vänta på mig."

Hon klev ner från bordet, upp på sängen, ner på golvet och gick till bokhyllan. Hon lyfte ett bokstöd i form av bokstaven A med två händer. Hon placerade den på sängen medan hon klättrade upp på den. Sedan placerade hon den på bordet medan hon klättrade upp på det. Hon lyfte A:et och kastade det mot glaset.

Glaset splittrades både inåt och utåt och hon och hennes omgivning träffades av skärvor.

"Mamma!" skrek hon.

Hon sov fortfarande djupt, skakade och tittade ut genom det krossade fönstret.

KAPITEL 28

EL OCH KATIE

EL OCH SNART ÄVEN Benjamin gick längs korridoren in i lilla Katies rum. När de hittade henne, upplyst av månen, i en boll på golvet nära ett omkullvält bord. Hennes blonda hår och nattlinne rörde sig tillsammans som om brisen från fönstret var ett med den lilla flickans andedräkt. De lade märke till blodpölar runt henne. Som ett spöke i natten reste hon sig upp och ropade: "Mamma!"

"Försiktigt, väck henne inte", viskade El.

De såg hur trådarna från gardinerna flöt mot henne. Hennes ansiktsuttryck, den tomma blicken ut i intet, skrämde Benjamin. Under några sekunder glömde han bort att andas.

Månskuggan drev över henne. Den framhävde hennes skador. Det var som om hon befann sig på en ö, omgiven av glas.

Benjamin knuffade sig förbi, "Stanna, rör dig inte", viskade El, men han lyssnade inte. Han svepte över golvet och drog in Katie i sina armar. Hennes kropp blev slapp. Han stod där och väntade, oförmögen att röra sig av rädsla för att viska hennes namn.

El kom tillbaka med förbandslådan.

Han placerade henne på sängen.

"Häll varmt vatten i en skål åt mig." Han rörde sig inte. "Benjamin, varmt vatten. Och en ansiktstrasa och handdukar."

Han nickade och lämnade rummet medan El bedömde situationen. Hon hade utbildat sig till sjuksköterska för länge, länge sedan, innan hon träffade Abe. Hon hoppades att hon kunde komma ihåg vad hon skulle göra.

Ljudet av bloddroppar som smattrade mot de rena vita lakanen fick henne att tänka på annat. Hon började arbeta med såren och använde en pincett för att ta bort de små skärvorna. Katie sov fortfarande.

"Hon måste ha gått i sömnen", viskade Benjamin.

"Håll henne stadigt så att jag kan leta efter glasbitar och ta bort dem."

"Ska vi ringa 112?"

"Jag tror inte det," sa El, "jag tror att vi klarar det." Hon fortsatte tills alla sår var desinficerade och omlindade.

Katie gnydde, men vaknade inte.

Kapitel 29

GLAS

"**V**I MÅSTE VÄNDA HENNE på sidan nu", sa El.

Benjamin stöttade upp Katie på sidan, medan El undersökte hennes fötter. Endast ett fåtal glassplitter hade brutit igenom ytan på Katies fötter. De flesta hade fastnat i huden nära ytan och var lätta att få bort.

Hennes andning blev snabbare vid flera tillfällen, men hon öppnade inte ögonen. El lade en varm trasa på Katies fötter och lindade dem nu när blödningen hade upphört. Hon lyfte sedan upp båda fötterna på en kudde.

"Jag stannar här hela natten", sa El. "Jag vill inte riskera att lämna henne ensam, eller att väcka henne när jag går upp ur sängen."

Benjamin gick för att titta närmare på det trasiga fönstret. Först trodde han att någon hade försökt bryta sig in, men sedan såg han bokstödet på golvet. Han plockade upp den och ställde tillbaka den i bokhyllan. "Jag kommer strax tillbaka", sa han.

Han gick ner i källaren. Han hittade ett plastark som var lämpligt att tejpa över fönstret tills de kunde fixa det. När han hade tejpat upp det sopade han bort så mycket av glaset som han kunde.

Utmattad hittade han en plats vid sängändan och somnade.

Vinden visslade då och då genom maskningstejpens springor, men ingen av de tre sovande vaknade av det.

Kapitel 30

WAKEY-WAKEY

Ljudet av en blåskrika som sjöng utanför sovrumsfönstret fick Abe att öppna ögonen. Han gäspade och sträckte på sig. Han märkte att hans fru inte var där och ropade hennes namn. När hon inte svarade såg han att hennes tofflor saknades. "El!" ropade han medan han tog sig ner i hallen.

När han kom fram till Katies rum stannade han och tittade in. El var där, och Benjamin var också där.

"El?" viskade han, men hon vaknade inte.

Det var då han hörde ett visslande ljud följt av flaxande flikar. Han gick på tå mot fönstret för att undersöka saken.

Gardinerna satt snett och glaset hade tillfälligt lagats med plast och maskeringstejp. Eftersom han inte kunde förstå vad som hänt lämnade han rummet, stängde dörren bakom sig och gick till k öket.

Solen gick upp på den djupblå himlen, medan han fyllde vattenkokaren och såg en ny dag växa fram. På hans att-göra-lista stod nu att ringa försäkringsbolaget för att få dem att komma och bedöma skadorna, men först behövde han ta reda på vad som hade hänt.

Magen kurrade, så han stoppade i två rostade brödskivor och tryckte ner spaken. På vägen till kylskåpet tog han en mugg och en sked. Medan vattenkokaren var klar tog han ut mjölken och smöret ur kylskåpet och stoppade en tepåse i muggen. Han hällde i det rykande heta vattnet, precis när brödet hade rostat färdigt.

"God morgon", sluddrade Benjamin.

"God morgon, min son", sa Abe.

Något ohörbart från Benjamin.

"Sätt dig nu, vattenkokaren är varm och jag ska hälla upp en kopp te åt dig."

Benjamin lydde utan att säga något.

"Vill du ha en skiva rostat bröd?"

Tonåringen nickade.

Abe tog bort sina rostade skivor och stoppade i sig en skiva, sedan en till. Han lade en tepåse i en annan mugg och hällde i vatten och rörde om så att det skulle dra supersnabbt.

Den äldre mannen visste att det var bråttom, annars skulle Benjamin somna igen - och då skulle han vara värdelös resten av dagen. När det var klart lyfte Abe upp tepåsen ur muggen, tillsatte två sockerbitar och en skvätt mjölk.

Abe tog pojkens händer som vilade på bordet och lade dem på muggen med hett te en efter en. Han såg på när Benjamin kände doften av den ångande brygden och vaknade till liv, innan han tog en klunk.

Abe såg att pojken nu var ordentligt vaken och gick för att förbereda toasten.

Abe såg på när Benjamin förändrades och återvände till de levandes värld lite mer minut för minut. Under tiden drack han sitt te och åt resten av sitt rostade bröd.

Ögonblicken passerade, när solen kom in genom fönstret och dansade på den unge mannens profil. När han verkade kunna föra ett samtal, eller kanske var det hoppfullt tänkande, frågade Abe: "Tänker du berätta vad som hände i Katies rum i går kväll?"

"Nej."

"Tja, det har jag aldrig gjort."

"Inte om du inte berättar vad som hände i Katies hus igår."

"Åh, jag ser att du är ännu mer vaken än jag trodde att du var", sa Abe och skrattade. "Men jag kan inte."

"Och varför inte?" sa Benjamin när han bet i den rostade brödskivan. Det krispiga och salta smöret smakade så gott.

"För att min gamle vän sergeant Miller svor mig på tystnad. Om jag kunde berätta för dig skulle jag göra det. Berätta nu för mig vad som hände med fönstret. Jag måste ringa försäkringsbolaget och det kan jag inte göra förrän du berättar vad som hände."

Benjamin fortsatte att äta sitt rostade bröd.

"Så, du vill leka frågeleken? Fråga nummer ett: Försökte någon bryta sig in och ta barnet?"

Benjamin, som nu hade druckit upp sitt te och rostat bröd, lutade sig tillbaka i stolen och lade händerna bakom huvudet.

"Jag tror att hon måste ha gått i sömnen. Vad jag kunde se var det bokstödet som användes för att krossa fönstret. Men jag kan inte för mitt liv lista ut varför. Inget av det verkar vettigt."

"Stackars barn. Varför väckte du mig inte?"

Benjamin lutade sig bakåt ytterligare, så att köksstolens framben lyfte från marken. "Sergeant Miller skulle aldrig få veta att du berättat något för mig."

"Förtroende är förtroende. Antingen gör man det eller så svär man på det. Eller så gör man det inte. Det beror på vilken typ av person du är. Jag håller mitt ord och det gör min vän också. Sergeant Miller och jag litar på varandra och precis som du och jag håller vi vårt ord." Abe fyllde på sin kopp från tekannan. "Om jag ska vara ärlig vet jag väldigt lite. Han tvingade mig till och med att stanna i bilen, utom fara. Jag kan bara gissa vad jag vet från det som händer och händer, men jag vill inte sprida någon felaktig information."

"Du måste ha sett eller hört något", sa Benjamin följt av ett slurpande ljud. Han visste att Abe inte hade för avsikt att bryta sin väns förtroende och bytte ämne.

"Allt hände så fort, med Katie. Hon skrek och vi sprang in. Hon hade glasbitar i fötterna. El fick ut dem. Jag visste inte att hon hade utbildning som sjuksköterska och det kom verkligen väl till pass. Vi hanterade situationen och det var ingen idé att väcka dig."

"Var hon allvarligt skadad? Jag såg blod på golvet."

"El bekräftade att hennes skador var lindriga. Katie sov under hela händelsen, medan El drog ut glasskärvorna med pincett och även när hon använde desinfektionsmedel på såren."

"Har du märkt", sa Abe, "att barnet inte skrattar så mycket? Hon fnissar ibland, men hon skrattar inte som ett barn ska skratta."

"Alla är olika, hon kanske bara är blyg."

"Det finns också sorg. Jag menar bakom hennes ögon. Något bekant och ändå fängslande."

"Jag kan inte påstå att jag har lagt märke till något liknande, är du säker på att du inte inbillar dig det?"

"Jag såg den blicken en gång, när du först kom till oss", sa Abe.

"Mig?"

"Kanske inte rädsla, kanske sorg eller ledsamhet, men det var konstant, smärta, ånger, försummelse. Allt i ett. Det finns fortfarande kvar i dina ögon, men din själ böjer också ut en ström av ljus som överväldigar det, vad det än är. Du har funnit dig själv, besegrat det, funnit din egen sanning. Men lilla Katie behöver helas, tas om hand som jag tog hand om dig."

Benjamin lade ytterligare en tepåse i sin mugg, rörde om några gånger, tog sedan bort den, tillsatte socker och mjölk och tog sedan en klunk. "Hon och El har ett band."

"Det har du rätt i och det är bäst att jag gör mig redo att öppna butiken. Säg till när frukosten är klar", sa Abe, ställde disken i diskhon och gick för att göra sig i ordning för jobbet.

I vardagsrummet satte Benjamin på TV:n. Omedelbart kände han igen Katies hus. Det fanns kameror och media överallt. Fastigheten var avspärrad med gul polistejp. Något hemskt hade hänt där, det visste han redan. Nu skulle han ta reda på vad. Han skruvade upp volymen. Rörde sig närmare.

Reportern i marinblå kostym och mörkbågade glasögon stod nära en vit skåpbil på vilken initialerna för det lokala TV-bolaget syntes.

"Det här är Carly Wright, som rapporterar från Ontario Street där en kropp nyligen upptäcktes. Mannen har identifierats som Mark David Wheeler. Hans närmaste familj har underrättats. Polisen letar efter vittnen som såg honom gå in i huset bakom oss där Jennifer och Katie Walker bor. (Hon höll upp två foton.) Båda saknas och sågs senast nära vattnet på fredag morgon."

Vänta lite, Katies mamma hade blont hår på fotot. När han såg henne var hennes hår svart - hade hon peruk på sig den dagen vid vattnet? Och om ja, varför?

Reportern fortsatte. "Mark Wheeler kommer från en välkänd familj i den här regionen. En familj som har hjälpt många välgörenhetsorganisationer genom åren. Detaljer om begravning och besök kommer att följa. Om någon har information om Mrs Walker eller hennes dotter, vänligen kontakta er lokala polis eller ring mig."

Han slog armarna om sig och tänkte på en död kropp i Katies hus. Hela hans kropp började skaka. För att få bort tankarna från nyheterna gick han tillbaka till köket och satte på vattenkokaren. Medan det kokade tittade han ut genom fönstret.

Solstrålarna kysste trottoaren, ekorrarna lyfte löv och fåglarna flög in och ut från matautomaten. De hade ingen aning om att ett mord hade begåtts eller att en liten flicka hade vaknat skrikande med glassplitter inbäddade i huden. Deras liv fortsatte på samma sätt, oavsett vad som hände med människorna i de hus som gav dem mat.

När vattenkokaren visslade stängde han av brännaren men gjorde inte en ny kopp te. Istället fortsatte han att titta på det normala utanför köksfönstret och tänkte inte på något annat förrän han inte längre kände något behov av att darra eller skaka.

Kapitel 31

KATIE OCH EL

"Mamma! Mamma!" Katie skrek med ögonen fortfarande slutna.

När morgonsolen strömmade in genom den fladdrande plasten höll El Katie i sina armar. "Det kommer att bli bra, lilla vän."

Katie öppnade ögonen - hon var inte hemma och hon låg inte i sin egen säng. "Mamma!" ropade hon. "Var är min mamma?"

El släppte henne när hon drog sig undan.

Benjamin som hade hört Katies skrik tog över. "Katie, du mår bra och alla letar efter din mamma. Kommer du ihåg El? Och kommer du ihåg mig, Benjamin?"

Katie sträckte ut handen och tog Benjamins hand och sedan Els. Hon kramade dem mot kinderna medan tårarna rann, sedan lade hon märke till bandagen på sina händer. Hon sparkade av sig täcket och såg de skyddande lindorna på sina fötter. "Vad har hänt?"

"Vi hoppades att du kunde berätta det för oss", svarade Benjamin.

Katie sparkade med fötterna medan hon kämpade för att ta bort bandagen. När de lossnade försökte hon ta bort dem hon hade på händerna. El tog tag i hennes händer och lade tillbaka täcket över hennes fötter och hummade för att lugna ner henne. Inom några minuter hade Katie sjunkit ihop mot hennes axel och vilade l ugnt.

Några ögonblick senare sa Katie: "Jag minns att jag hörde min mamma ropa på mig."

"I en dröm?" frågade Benjamin.

El stoppade Katies hår bakom hennes öra.

"Gjorde jag det där?" frågade den lilla flickan. "Krossade jag fönstret?"

"Tyst nu barn," sa El. "Benjamin har lagat det och det kommer snart att vara som vanligt igen. Det spelar ingen roll hur det gick sönder. Det enda som betyder något för oss är din säkerhet. Fönster kan alltid repareras."

"Men inte jag?" frågade Katie.

El kramade om henne. "Du är perfekt precis som du är."

Benjamin frågade: "Kommer du ihåg någonting? Något alls om drömmen?"

"Mamma ropade på mig, det är allt jag minns."

Trion satt tysta. El tänkte på vad som kunde ha hänt. Benjamin tänkte på hur glad han var att hon inte hade blivit bortförd eller skadad allvarligt. Katie undrade var hennes mamma var och vad de skulle äta till frukost.

"Jag är hungrig", sa hon och klappade på sin knorrande mage.

"Benjamins piggy-backing-företag står till din tjänst", sa han.

Katie lade armarna om hans hals och höll hårt i honom och de gick ut i köket.

"Vill du vara min lilla pannkakshjälpare?" frågade El. Katie nickade och log; Benjamin hittade en plats åt henne på bänkskivan. "Det är ett hemligt familjerecept", sa El medan hon knäckte två ägg i mjölet och började röra om. När det var klart använde hon en slev för att hälla smeten på den heta grillen. "Okej, dags att vända dem. Ser du hur de bubblar?" Hon hjälpte den lilla flickan att vända pannkakorna.

"Det är lättare än jag trodde att det skulle vara", sa Katie. "Särskilt med de här stora ugnsvantarna på."

"Hjälpte du någonsin din mamma att laga mat?"

"Ibland, men hon lät mig aldrig sitta på köksbänken eller vända pannkakor."

"Matlagning kan vara roligt."

"Inte att skära upp löken - den får mig att gråta och jag gillar inte hur den smakar heller."

El skrattade. "Jag ska visa dig en hemlighet någon gång, hur man skär dem under vatten, så att du inte gråter." Sedan till Benjamin: "Snart klart, kan du meddela Abe?"

Katie skrattade. "Att skära lök i badkaret? Det var roligt, El. Mina fötter skulle stinka."

"Nej, dummer. Jag menar i diskhon. Men du har rätt, om du skar upp dem i badkaret skulle du definitivt få stinkande fötter och stinkande allt annat."

Katie och El fnissade medan de dukade bordet tillsammans. Snart gjorde Benjamin och Abe dem sällskap. Alla åt sig mätta och Abe sa att han var tvungen att återvända till butiken.

"Jag kan städa upp", sa Benjamin. "Men det skulle ta halva tiden om du hjälpte mig."

"Jag antar att kunderna kan vänta", sa Abe.

"Nu klär vi på dig", sa El till Katie och de lämnade köket.

När de var utom hörhåll sa Benjamin: "Vi måste prata, Abe."

✳✳✳

"**H**UR ÄR LÄGET?" FRÅGADE Abe.

"En man vid namn Mark Wheeler hittades död i Katies hus. Det var på nyheterna."

"Ah..."

"Är det allt du har att säga?"

"Jag behöver tänka", sa Abe. "Vi kan lika gärna arbeta medan vi städar."

När allt var tillbaka på sin plats gick Benjamin in i vardagsrummet och klickade på TV:n.

"Bäst att stänga dörren", sa Abe, vilket Benjamin gjorde.

"Jag trodde att du skulle tillbaka till verkstaden."

"Det gör jag, men i förbifarten såg jag att nyheterna var på. Han gick tvärs över rummet och skruvade upp volymen.

"Jag kunde ha gjort det med den här", sa Benjamin och höll upp omvandlaren.

"Redan gjort", sa Abe och satte sig ner.

En annan reporter som liknade Clark Kent stod på gräsmattan framför Walkers fastighet.

Han sa: "Mark Wheelers familj är välkända i det här samhället. Under årens lopp har deras generositet berört och förbättrat många liv genom donationer till välgörenhetsorganisationer och stiftelser. Anklagelser om kopplingar till droger är dock under utredning."

"Åh nej", sa Benjamin.

"Shhhh."

Reportern fortsatte. "Vi letar efter de boende i huset bakom mig. Jennifer Walker och hennes dotter Katie Walker." Han höll upp ett foto. "Om någon har sett eller har någon information om var Katie och Jennifer befinner sig, vänligen ring oss eller kontakta din lokala polis."

"Tänk om någon ser oss shoppa med Katie?"

"Shhh."

"Alla som har information om Mark Wheeler kan ringa den konfidentiella hotlinen. Numret finns längst ner på skärmen." Han höll upp fotot av Jennifer och Katie igen. "Det är absolut nödvändigt att vi hittar dessa två, innan någon skada drabbar dem. Snälla, om du är där ute och har sett eller vet något om var de befinner sig - ring polisen. All information kan vara till hjälp. Även information som verkar obetydlig för dig kan ge oss några ledtrådar så att vi kan hjälpa dem. Doug Falcon rapporterar från SJB TV."

Abe och Benjamin var tysta i några minuter. Sedan kom Benjamin ihåg att Katies mamma hade mörkt hår den dagen han såg henne, och på fotografiet som reportern höll upp hade hon blont hår. Benjamin berättade om minnet för h onom.

"Ja, den nyfikna grannen jag pratade med, Judy Smith, nämnde peruken."

"Du menar att du redan har berättat för inspektör Miller om det?"

"Det har jag inte, men det borde jag nog ha gjort."

"Du borde definitivt berätta för inspektör Miller om peruken. Men tänk om någon vet att Katie är här med oss? Tänk om det var därför fönstret krossades igår kväll? Katie sa att hon hörde sin mamma ropa. Var hon ute på gatan, nedanför Katies rum och ropade på henne?"

Benjamin hoppade upp.

"Sluta", sa Abe. "Först och främst sa du att bokstödet användes för att krossa fönstret från insidan. Katie hade förmodligen en mardröm. Dessutom vet Sergeant Miller att vi har Katie här med oss och han skulle inte låta den informationen komma ut till någon."

"Ändå har vi tagit med henne överallt. Till affären, till ett café. Någon har säkert lagt märke till det. Hon är ett särpräglat barn."

"Sätt dig här och oroa dig inte. Jag ska ringa inspektör Miller, eller ännu bättre, jag åker dit och pratar med honom."

Han gick mot dörren. "Under tiden stannar du inomhus och säger till El att hålla butiken stängd idag."

"Vilken anledning ska jag ge henne? Ska jag förklara allt vi har lärt oss om Wheeler?"

"Absolut inte. Se till att om TV:n är på när Katie är närvarande så är den aldrig inställd på nyheterna."

"Det ska jag göra."

Kapitel 32

PÅ STATIONEN

ABE GICK TILL POLISSTATIONEN där en presskonferens pågick. Sergeant Miller höll i rodret. Miller stod bakom en talarstol medan mikrofonen var upphöjd till hans höjd. En skara reportrar trängde sig in med kameror i händerna. En reporter ropade ut en fråga. Abe armbågade sig fram genom mediecirkusen för att ta sig uppför trappan och in i byggnaden. Han hatade folksamlingar och att befinna sig mitt i detta totala kaos var inte en plats han ville vara på. Miller bekräftade Abes närvaro med en nick när han svepte förbi och in i byggnaden.

En reporter ropade: "Hur är det med det saknade barnet? Några ledtrådar om henne?"

En annan reporter ropade: "Vad vet du om den lilla flickan och hennes mamma? Hur var de inblandade i Wheeler?"

Miller höll upp sin hand för att lugna ner den oregerliga kronan. När de hade lugnat ner sig svarade han: "En fråga i taget, tack. För det första har barnet rapporterats saknat - hon är inte saknad. Faktum är att vi vet var hon, var Katie Walker är - hon är i tryggt förvar hos ett fosterhem."

En hörbar flämtning från en kvinna i publiken. Under några sekunder stod en blond kvinna ut från de andra. Han tittade bort i en sekund, och hon var borta.

"Har Katie Walker undersökts av en läkare?" frågade en annan reporter.

"Allt i sinom tid", svarade Miller. "Vi behöver din hjälp för att hitta barnets mamma. Vi har noll ledtrådar."

Han kom ihåg att Katies mamma var blond och inte mörkhårig som det ursprungligen rapporterats - han skannade folkmassan efter den kvinna han hade sett en skymt av tidigare. Ingen sådan tur. Han kunde inte se henne någonstans.

"Jag tar en sista fråga och slösa inte bort den på att fråga mig var barnet är, allt jag kan säga är att hon är säker och mår bra." Han valde nästa reporter att ställa en fråga, "Varsågod, Maggie." Han hade känt Maggie från lokaltidningen i flera år. Hon var inte som de andra. Hon var en riktig journalist.

"God morgon, sergeant Miller", sa Maggie.

Miller nickade.

Maggie frågade: "Eftersom Katie är omhändertagen, varför tog det så lång tid innan du åkte hem till henne och undersökte saken?" Även om Maggie inte rörde sig, gjorde de omgivande journalisterna det. De trängdes och knuffades för att komma närmare.

"Nå Maggie", sa Miller. "Barnet, jag menar Katie Walker, övergavs vid Waterfront i fredags. Hennes hemadress kom till vår kännedom först igår."

"Osant", ropade en annan reporter.

"Nu räcker det", sa Miller och slog näven i bordet och backade bort från mikrofonen.

Samma reporter ropade: "Vi talade med grannen, en Judy Smith. Hon bekräftade att en äldre man hade varit i huset dagen innan. Samma man som hon såg igår sitta i er polisbil."

Miller fortsatte att gå, ignorerade sorlet och var glad att reportrarna inte var smarta nog att lägga ihop två och två eftersom mannen de pratade om precis hade smitit förbi dem och in i byggnaden.

Innan han gick in på stationen vände han sig till reportrarna. "Ni har fått era frågor. Låt oss nu slutföra våra jobb så att ni kan göra era. Hjälp oss att hitta barnets mamma. Tack för att ni tog er tid." Han gick genom svängdörrarna och gick till sitt kontor.

Abe, som hade gjort sig hemmastadd genom att sitta ner, reste sig nu för att skaka hand med Miller. Abe sa: "Vi såg Katies foto på TV och hörde om den döde mannens kropp. Vilket hemskt fynd. Inte undra på att du var så tyst när du körde mig hem."

"Allt i tjänsten", sa Miller. "Kaffe?" Abe avböjde med en handviftning. Miller fortsatte: "Reportrarna är hungriga efter en story, vilken story som helst. Du hörde inte den sista frågan. Den där kvinnan - din nyfikna granne - nämnde att du besökte huset och var med i min cruiser. När du åker måste vi se till att du kommer hem utan att någon följer efter dig."

"Åh nej", sa Abe. Han tittade över skrivbordet på sin vän. Han såg ut som om han hade åldrats under de senaste dagarna. "Har du sovit alls? Du ser ut som fan."

"Sova? Vad är det för något? Jag har försökt lägga ihop bitarna här, det är ett svårt fall. Vi trodde att vi hade en ledtråd på mamman, men det gick inte. Det är som om hon försvann spårlöst." Hans telefon ringde. "Okej, tack för att du berättade."

"Inga nya ledtrådar?"

Miller lutade sig närmare. "Det var rättsläkaren. En ny kropp. Ingen identifiering ännu."

"Vad är din magkänsla? Är hon Katies mamma?"

"Jag kan inte säga det, för jag vet inte."

"Och den döde mannen, vem var han? Jag menar, jag vet namnet. Han är knuten till droger.

Jag kan inte tro att någon mamma skulle utsätta sitt barn för en sådan fara."

"Påstås. Vem vet varför folk gör vad de gör? När vi var i huset fanns det ett foto på spiselkransen av Katie och Mark. Det verkar konstigt att en mamma skulle tillåta det, om hon hade för avsikt att döda sin pojkvän." Han tog en paus, rädd för att säga för mycket, men bytte sedan ämne: "Men, ja, hans fingeravtryck gav utslag i systemet. Det är motivet vi försöker hitta."

"Ett motiv, som en maffiauppgörelse?"

"Uh, låt inte din fantasi skena iväg", sa Miller. "När det gäller ett motiv, det vet jag inte." Sergeant Miller lyfte på telefonluren. När receptionisten svarade sa han: "Ja, jag behöver få en civilperson eskorterad från byggnaden." Han lyssnade och svarade sedan: "Ja, bakdörren. Se till att han inte blir förföljd."

Abe ställde sig upp: "Min käre vän, du följer med mig. Jag slår vad om att din fru och dina barn saknar dig och att du behöver sova."

Sergeant Miller höll i princip med Abe, men han hade för mycket att göra. Han tog sig ändå tid att se till att hans vän kom ut ur byggnaden på ett säkert sätt och var på väg hem.

"Kusten är klar", sa föraren. Miller stängde Abes bildörr, tittade tills bilen var utom synhåll och återvände sedan till sitt kontor.

KAPITEL 33

BLONDIN TILLBAKABLICK

DET VAR EN FIN söndagseftermiddag och familjer promenerade omkring. Många hade picknick, andra motionerade eller slappade vid vattnet. Luften doftade ljuvligt, som den gör när våren övergår i sommar. Fåglarna som kvittrade och flög omkring var synliga på nästan varje träd.

I baksätet på en taxibil satt en kvinna och tittade på stadens aktiviteter. Hon önskade att hon också hade tillräckligt med pengar för att bo här. När hon stannade vid ett rödljus såg hon en familj kasta en frisbee fram och tillbaka. När ljuset vände och bilen rullade vidare fortsatte hon att titta, tills hon inte kunde se dem längre.

I tankarna gick hon igenom vad hon skulle säga till sin syster. Hon hade bett om pengar förut och hennes syster hade gett henne dem - men motvilligt. Mest för att hon visste vart pengarna skulle gå, nämligen till att betala av hennes drogrelaterade skulder. Hennes äldre syster skulle ge med sig till slut. Ändå hatade hon att vara i den situationen att hon måste fråga. Särskilt inte personligen. Hon hoppades få en skymt av lilla Katie när hon var där, kanske till och med en introduktion. Nu när hon var sju år kanske hon till och med skulle komma ihåg h enne.

En eller två gånger tittade föraren tillbaka på henne i backspegeln. Hon justerade sina solglasögon och torkade diskret bort en tår.

"Vad tittar du på?" frågade hon.

"Ingenting", svarade han och svängde in på Ontario St. "Vilket nummer var det du letade efter?"

Det var huset som var omringat av polisens avspärrningsband och med polisbilar överallt.

"Kör på!" beordrade hon. "Kör på!"

"Okej, men vart ska vi nu, damen?" sa han och gjorde en U-sväng.

"Kör bara, låt mig tänka!" utbrast kvinnan. Hon tog fram sin telefon ur sin bruna väska och tryckte på snabbuppringningen. Det ringde och ringde och ringde. Hon kopplade ur och grävde ner naglarna i armstödet. Hon tog ett djupt andetag och tryckte på ett annat nummer på snabbuppringningen. Precis som det första var det obesvarat.

"Damen, jag behöver veta vart jag är på väg."

Hon skrek: "Kör bara tills jag säger åt dig att stanna."

"Okej, damen, du bestämmer." Han körde vidare utan mål, stannade och startade när lamporna bytte från grönt till rött. "Vi tar den natursköna vägen."

Tillbaka längs Ontariosjöns stränder åkte de. När hon såg pengamätaren och kostnaden som ökade, letade hon efter kontanter i sin handväska. Hennes kreditkort var redan maxade. "Var ligger polisstationen?" frågade hon.

"Några kvarter bort."

"Kör mig dit", sa hon. På vägen skulle hon fundera på vad hon skulle säga, vad hon skulle berätta om sig själv. Hon såg en folkmassa som blockerade polisstationens framsida och undrade samtidigt om detta hade något att göra med hennes systers hus.

"Släpp ut mig bara, där borta", krävde hon och gav chauffören en näve mynt och några skrynkliga sedlar.

Hon drog ner framsidan på sin klänning som nu höll fast vid henne med statisk elektricitet. Bakom sig hörde hon sin systers namn, och Katies. Hon pressade sig framåt och väntade på att se vad mannen på podiet skulle säga.

När han avslöjade att hennes dotter mådde bra och var hos en fosterfamilj svimmade hon nästan. Hon tog några djupa andetag och lämnade området, glad i sinnet över att hennes dotter mådde bra. När det gällde frågan om hennes syster var försvunnen, ja, det skulle allt ordna sig m ed tiden.

Hon fortsatte att gå i motsatt riktning som hon hade kommit. Hon hade femtums klackar och var dåligt utrustad för en längre promenad. Brisen smekte hennes bara armar och hon var glad att det åtminstone inte var någon risk för regn ikväll.

Doften av rykande heta hamburgare, söt lök och flottiga pommes frites i närheten fick hennes mage att knorra. Den perfekta bakfyllematen. Nu var hon så gott som utan pengar att det fick räcka med att andas in kalorier. För att distrahera sig försökte hon komma ihåg numren till dem som hon trodde skulle kunna hjälpa henne, men resultatet blev detsamma.

Två dörrar bort hittade hon en secondhand-butik. I fönstret stod en blond flicka, klädd som för en fest. Hon tittade på skyltdockans ansikte och föreställde sig hur hennes lilla flicka skulle se ut nu. Det hade gått flera år sedan hon hade sett en bild av henne.

Hon hade förträngt det - som hon alltid gjorde när saker och ting blev för mycket för henne. "Fördela." Det var vad hennes psykiater alltid sa åt henne att göra. Men huset... hon hade sett det, avspärrat med gul tejp - polistejp - som på CSI eller Murder She Wrote. Det var hennes systers hus. Hennes syster som var mamma till sitt barn. Ett barn som ingen visste något om.

Några dörrar bort samlades en folkmassa. Hon anslöt sig till dem och såg ett nyhetsprogram med undertexter. Ett foto av hennes syster och dotter under rubriken "Saknade personer". Sedan en bild på Mark Wheeler under rubriken "Mördad, drogkoppling".

De två händelserna var sammankopplade. Nu gav hennes knän verkligen vika och hon halkade ner på trottoaren.

"Jag är okej", sa hon när främlingar hjälpte henne upp på fötterna igen. Hon tackade dem och med skakiga vrister vinglade hon iväg.

Hon hade hört talas om den här Mark Wheeler genom drogvärlden. Nu var han död. Hur var hennes syster kopplad till honom? Var det hon själv som var kopplingen? Hon var skyldig dem pengar. Hon sa att hon skulle betala tillbaka. Det var inte ens så mycket. Hennes syster hade betalat tillbaka sin knarkskuld en gång, två gånger - hon hade tappat räkningen på hur många gånger. Visst, de skulle inte ha gått efter hennes syster. Tack gode Gud att de inte visste att Katie var hennes. Om de inte hade vetat det, hur hade då Wheeler blivit dödad? Hade den kopplingen fört skurkar till hennes systers hem?

Hon försökte att inte tänka på det och stapplade iväg till gud vet var. Hon mindes dagen då Katelyn föddes, delvis i delirium. Hon var ung, sjutton, för ung för att bli mamma, men när hon såg sin dotter för första gången kände hon alla de moderskänslor som en mamma ska känna.

Att vara sjutton var tillräckligt gammalt för att föda barnet och väcka modersinstinkterna, men inte tillräckligt för att övertyga henne om att behålla den nyfödda. Att uppfostra henne. Men, åh, det lilla ansiktet. Lukten av henne. Doften av rosa. Hon höll sin telefon i famnen medan hon g ick vidare.

Med tårfyllda ögon intalade hon sig själv att hon skulle skärpa sig. Hon hade gjort det bästa för Katelyn vid den tidpunkten, genom att ge henne till sin äldre syster att uppfostra.

Förlorad, ingenstans att ta vägen, ingen att prata med, anklagade hon sig själv för att ha kommit till stan. För att hon var drogmissbrukare. För att hon gick till sin systers hus. För allt - hela den förbannade soppan.

En man som luktade lika illa som han såg ut stötte till henne.

"Passa dig!" utbrast hon och fick den stackars mannen att brista ut i gråt. Hon stack ner handen i sin handväska och hittade några mynt och en halstablett som hon lade i hans hand.

"Jag tackar dig", sa mannen och gungade fram och tillbaka. Han blåste på halstabletten och stoppade in den i munnen och frågade sedan: "Har du gått vilse?"

"Jag är ny i stan", sa hon. "Finns det några sevärdheter häromkring?"

Han satte handen på hakan medan han tittade på henne. "Det finns en berömd viadukt där uppe, fortsätt så kan du inte missa den. Det är en fantastisk utsikt."

"Tack", sa hon och gick därifrån.

Hon såg fram emot att se landmärket och öppnade sin handväska. Hon drog ut en cigarett ur paketet och tände den. Ett långt bloss hjälpte henne att slappna av. Hon funderade på vad hon borde göra, men fick inga svar.

✳✳✳

KATIES BIOLOGISKA MAMMA HADE stannat för att vila fötterna. Parken i sig var fullt aktiv, med barn och hundar som sprang omkring huller om buller. Hon ville gärna ha en cigarett till, men tände ingen. Istället lyssnade hon på skratten. För egentligen hade hon ingenstans att ta vägen.

Hennes telefon vibrerade, det var Anson. "Var är du?" frågade han.

"Jag är nära min systers hus, men hon är inte hemma."

"Nåväl, jag har din beställning klar. Först måste du betala vad du är skyldig. När kommer du tillbaka för att hämta den? Jag kan inte ha den här för länge. Om du inte kan betala måste jag sälja den vidare till någon annan. Jag har en väntelista, vet du."

"Jag kan inte komma tillbaka direkt, men jag behöver det. Uh, finns det någon chans att du kan komma och hämta mig? Jag skulle betala tillbaka. Jag gör vad som helst."

Splat! Ett barn, en liten pojkes boll studsade och träffade tån på hennes sko. Hon sparkade tillbaka den till honom.

"Tack, damen", sa han.

"Jag kan inte komma och hämta dig. Det här är ingen taxiservice", och sedan var det tyst i andra änden.

Anson var hennes sista hopp om att komma tillbaka. Hon skulle förlora sig själv och allt hon tänkte på. En träff och det skulle vara borta - varje tanke - varje känsla - även om det bara var för en liten stund.

"Kom ner hit!" skrek hennes mamma. "Din smutsiga lilla slampa!"

Det var flera år sedan, men hon såg det framför sig som om det hände nu. Hon kunde till och med känna lukten av sin mamma, en kombination av talk och Jack Daniels.

Hennes syster hade varit mer av en mor för henne än vad hennes mor hade varit. Deras far hade flugit sin kos direkt efter att hon kommit till världen och hennes mor hade alltid skyllt på henne för hans avfärd.

"Du drev iväg honom!" skrek hon.

Och hennes mamma tog med sig män hem. Män som hjälpte henne att betala hyran och sätta mat på bordet. Män som var monster. Monster som hennes mamma borde ha skyddat sin dotter från.

Hon suckade. År av terapi hade gjort det möjligt för henne att förlåta sin mor. Att acceptera att hon hade gjort det bästa hon kunde under omständigheterna.

Där var den: Viadukten.

Hon rös till, det var anmärkningsvärt högt upp - men ja, den hemlöse mannen hade sagt att utsikten därifrån måste vara värd klättringen. Men skorna på fötterna klämde och halvvägs upp var hon trött på att bära dem och slängde dem i Ontariosjön. Hon skrattade och tänkte på en sköldpadda eller fisk som tittade på dem när de sjönk till botten av sjön.

När hon väl kom upp till toppen tog utsikten andan ur henne. Hon kunde se fulhet, byggnader som tidigare hade haft en funktion. Nu var de människolösa och oskötta med ogräs som växte upp längs väggarna. Det fanns en naken skönhet, en skönhet som hon hade kunnat uppskatta om hon inte hade befunnit sig s å högt upp.

Och i andra riktningen, Lake Ontario. Hon följde vattnets väg. Till höger dök en av hennes skor upp och några ögonblick senare anslöt sig den andra. De flöt fram som om ett spöke dansade istället för att gå på vatten.

Hon skrattade, först tyst och sedan hysteriskt. Hennes klänning böljade runt henne som om hon befann sig i ett moln.

Hon klev ut på avsatsen. Hon var en dålig mor, värre än hennes mor hade varit. Hennes mor stannade åtminstone kvar och höll sina döttrar nära. Hon lämnade bedömningen till Gud, eller Jesus eller vem som helst.

Katies biologiska mamma kände att hon inte var värd att räddas. Hon kunde inte bli förlåten. Hon kunde inte ens förlåta sig själv.

Hon drog sina falska naglar längs armarna. Hon följde spåren efter nålarna som hon hade använt under så lång tid. Hon kände dem nu med sina fingrar. Även om hon slutade med det skulle de känna igen hennes sårbarhet och börja tigga om att få mat.

Hon flyttade sig närmare kanten. Blundade. Kände doften av blommorna. Lyssnade på måsarnas skrik. Sedan föll hon ner i det svala vattnet i Lake Ontario som en marionett vars trådar hade klippts av.

✳✳✳

N**är de hittade henne** inte långt från viadukten hade hon varit i vattnet i mindre än tjugofyra timmar. Hennes ögon var vidöppna, som om hon fortfarande funderade på något någonstans precis utom räckhåll för henne.

Katies biologiska mamma väntade på att bli identifierad nere på bårhuset.

Kapitel 34

EL, ABE AND THE LITTLE ONE

"**K**om och lägg dig igen", sa Abe medan El samlade ihop sina saker för att ta dem till Katies rum. Hon kysste honom på pannan, "Vill du ha en kopp choklad?"

"Du läser mina tankar."

"Du stannar här, under täcket och håller dig varm. Jag kan till och med slänga in några kex."

"Tack, älskling." Han lyssnade när El gick runt i köket och nynnade medan hon gick. Han förstod sin frus behov av att trösta barnet, men han behövde också tröst. Dessutom var han orolig för att hon höll på att bli alltför fäst vid henne. Om en dag eller två kunde ju Katies mamma komma tillbaka. De skulle aldrig få se henne igen. Vad skulle hända då?

El kom tillbaka med brickan. Hon kysste honom på pannan på vägen ut.

Katie satt upp och väntade på El. "Jag vill åka hem", sa hon och gnuggade sig i ögonen.

"Trivs du inte här?" El frågade och visste redan svaret.

"Det är klart."

Abe stack in huvudet, "Vem är det som gråter?" El försökte stöta bort honom. "Vad kan jag göra för att hjälpa dig, lilla vän?"

"Jag vill gå hem och hämta något."

"Nåväl," sa han och satte sig på sängkanten. "Först och främst, El och jag har ingen nyckel till ditt hus, och det har inte Benjamin heller."

"Jag kan ta mig in genom ett fönster. Du måste lyfta upp mig - jag gjorde det en gång när mamma hade glömt sin nyckel."

"Vad är det du behöver?" frågade El.

"Jag tycker inte att du ska gå", svarade Abe.

"Jag skulle vilja hämta min stoppning."

Men du har ju din vackra docka, lilla vän", sa El.

"Hon är fin, men jag har haft min bamse i evigheter och han kommer att vara alldeles ensam."

"Låt mig tänka på saken", sa Abe. "Tyst nu och sov, annars måste El återvända till sitt eget rum."

Utan ett ord kröp Katie ner under täcket och slöt ögonen. Abe blinkade till El och stängde dörren på vägen ut.

Kapitel 35

ABE OCH BENJAMIN

ABE TOG IN BRICKAN i köket och städade, sedan gick han in i vardagsrummet. Benjamin låg och sov på soffan med TV:n surrande i bakgrunden. Han stängde av den och kastade sedan ett täcke över tonåringen.

Abe gick tillbaka till sitt rum och somnade. Ljudet av kastruller och stekpannor i köket och doften av frukost som lagades gjorde honom hungrig. Han kastade en blick på klockradion - klockan var redan 9:30! Han tog på sig morgonrocken och gick till köket.

"Du skulle ha väckt mig!" utbrast han.

Katie hoppade till.

"Jag är ledsen", sa han. "Jag tänkte säga god morgon först."

El nickade, Katie log. Han backade ut ur köket och in i vardagsrummet, där Benjamin satt och tittade på TV.

"Har du sovit gott?" frågade Abe.

Benjamin sa ingenting, istället skruvade han upp volymen på TV:n för att höra vad reportern sa på nyheterna.

"En kvinnas kropp spolades upp på Lake Ontarios stränder i morse."

Håren på Benjamins armar reste sig. "Gud, jag hoppas att det inte är Katies mamma."

Utanför deras ytterdörr låg tidningen på trappan. Abe plockade upp den och såg ett foto av Katie och Jennifer Walker på förstasidan under rubriken "Saknad mor och dotter". Han rullade ihop tidningen och slängde den i soptunnan.

"Kom och ta den", ropade El och de satte sig ner för att äta frukost tillsammans.

Kapitel 36

SGT. MILLER

ETT MÖTE MED RCMP var inbokat på stationen. De hade kallats in när Wheeler hade identifierats. Han skulle behöva sätta dem in i bilden när det gällde Katies vistelseort. De skulle hålla informationen hemlig.

Under tiden hade en ny kropp spolats upp på stranden av Lake Ontario. Tydligen med spår upp och ner på armarna.

Innan RCMP anlände ringde Miller till Abe för att höra hur Katie mådde.

"Hon har haft mardrömmar. Hon krossade ett fönster och skadade sig lite. El klarade det hela och barnet blev inte allvarligt skadat."

"Åh, jag är ledsen att höra det", sa Miller. "Det är svårt för ett barn att sova i en främmande säng, i ett främmande hem."

"Just nu vill hon bara åka hem. Hon saknar något som hon kallar sin täppta björn.

"Tyvärr Abe, det är uteslutet."

"Men hon kan inte sova."

Miller höjde rösten och stängde dörren. "Abe, du får inte gå dit under några omständigheter. Tänk om en reporter ser dig och följer dig hem?"

"Jag hör vad du säger."

"Håll en låg profil, allihop. Jag hör av mig och glöm inte att vi har ett olöst mord. Och vi vet inte var Katies mamma är." Han tvekade. "Katie kan vara vår enda ledtråd. Och jag vet att det verkar långsökt, men barn är skarpsinniga. Ibland får de syn på saker, saker som kan hjälpa oss att hitta hennes mamma, rädda hennes mamma, innan det är för sent."

"Så du tror att Mrs Walker måste ha varit involverad i drogscenen sedan hon och Wheeler, eh, träffades?"

"I det här skedet vet jag inte svaret, men det finns inga tecken på inbrott."

"Katie berättade för Benjamin att det var Wheeler som gav henne en dyr docka, så han hade varit i huset vid mer än ett tillfälle. Den andra ironiska delen är att han kan ha köpt dockan från oss."

"Verkligen? Har du tittat i dina böcker och sett om det finns någon ordernotering? Det kan vara en ledtråd. Det kan vara något."

"Det gjorde jag inte, och vet du vad, fram till nu när jag berättade för dig hade jag inte ens tänkt på att kolla mina böcker. Dessutom, eftersom dockan är en kopia av barnet, måste någon av oss här, om han beställde från oss, ha sett ett foto av Katie. Jag minns inte att jag såg det, men du vet, minnet - och att bli gammal. Det är en av de första sakerna som försvinner." Abe skrattade.

Miller sa: "Ja, jag förstår, men var snäll och kolla och låt mig veta vad du hittar. Vad som helst. Betalningsmetod. Datum då den beställdes."

"Vi erbjuder bara de här dockorna inför jul, så det borde vara lätt att spåra om han beställde den från oss."

"Se om du kan få fram någon annan information från Katie. Några idéer om vart hennes mamma kan ha tagit vägen. Semestermål. Släktingar. Vänner. Vad som helst."

"Skulle det vara bättre om du skickade ut någon? En expert på att förhöra barn?" frågade Abe. "Och när du ändå skickar någon, varför inte skicka dem för att plocka upp den täppta?"

"Jag måste diskutera det med mina överordnade. Kanske, som ett nästa steg. Just nu känner hon dig och Benjamin och El. Bevaka henne, utan att låta henne veta. Ställ frågor till henne om hon tillåter det, utan att urholka det förtroende hon har för dig. Just nu är du allt hon har. Hon kan ha bevittnat något som kan försätta er alla i fara."

"Som jag sa, hon har haft mardrömmar."

"Just det. Trauma kan orsaka mardrömmar, sömngång. Att vistas i en obekant miljö är en anpassning under normala omständigheter. Det här är långt ifrån normalt." Miller tvekade. "Nu när jag tänker på det ska jag be en av mina poliser att komma förbi med ett DNA-kit. Polismannen kommer att ta ett enkelt prov på Katies saliv. Om hon vill prata om någonting. Jag menar med någon utanför ert hem, då kommer min polis att ge henne möjligheten."

"Vilken smart idé och tack för att du berättade det för mig", sa Abe. "Jag tror att när barnet lämnades ensamt i parken, kan hon ha blivit övergiven. Men det borde väl inte orsaka några permanenta skador?"

"Beror på hennes läggning, jag kan inte säga Abe. Det skulle vara bra för dig att kontrollera om du har någon information i dina filer."

"Det ska jag göra."

"Jag hör av mig."

"Tack."

KAPITEL 37

FÖRLORADE OCH FUNNA

D ET VAR EN SOLIG eftermiddag, inte ett moln på himlen - den perfekta dagen för fiske.

James och Andrea Richards var ute på Lake Ontario i sin båt när hon lade märke till något som flöt på vattnet. Hon tog fram en kikare och tittade närmare. Det studsade och rörde sig, men såg ut som en kvinnas handväska.

"Jag svär vid Gud, det finns en handväska där ute", sa hon till sin man och räckte honom kikaren. "Kanske har någon blivit mördad här på sjön." Hon skakade trots att hon var varm och slog armarna om sig själv.

James hade en blick. "Du har läst alldeles för många Agatha Christie-romaner."

Hon hånade.

"Men låt oss ändå gå ut och ta en närmare titt för att ge dig sinnesfrid. Fiskarna nappar trots allt inte idag."

"Tack älskling", sa hon.

James pekade båten i riktning mot det flytande föremålet och några minuter senare använde hans fru fiskenätet för att samla upp en handväska. När hon lyfte ut den ur nätet märkte hon att den fortfarande var stängd. Hon undrade om innehållet var torrt och öppnade den.

"Vänta!" utbrast han.

För sent, eftersom hon drog ut plånboken. Allt inuti var torrt. Fast nu när hon tänkte på det insåg hon att hon hade gått emot allt hon visste från TV och böcker genom att störa innehållet.

Strunt samma, det var redan gjort. Hon öppnade plånboken och hittade ett körkort, några kreditkort, ett foto av en bebis, en tandkrämstub och en tandborste (i resestorlek), en telefon med urladdat batteri och lite nagellim.

"Det är nog bäst att vi ringer polisen", sa hon.

"Några kontanter?" frågade James.

"Inga kontanter", sa hon medan hon ringde 911.

Efter att ha berättat för polisen vad de hittat fick de veta att en polis skulle möta dem vid stranden. Paret drev omkring en stund under tystnad, medan fiskmåsarna skrek över deras huvuden och fångade fiskarna som hoppade runt omkring dem.

"Visst, nu är de hungriga!" sa James när han startade motorn och körde in.

Kapitel 38

MORGUE

Senare, efter att ha fått ett samtal från Patterson, åkte Miller till bårhuset.

"Vi har bekräftat att Jane Doe inte är mer än tjugofyra, och långvarig tung droganvändare. Med sådana spår har hon varit missbrukare under en lång tid. Hon är också Primiparous."

"Hur gammalt skulle barnet vara om det hade överlevt?"

"Sju, kanske åtta."

"Åldern passar", sa Miller. "Något utöver det vanliga i dina fynd?"

"Hennes drogval var kokain. Vid tidpunkten för hennes död hade hon inte använt det under de senaste tjugofyra timmarna. Hon var en tung användare - stor metabolisk uppbyggnad av benzoylecgonin över tid, men inget nyligen."

"Tror du att hon försökte bli av med sitt missbruk?"

"Högst osannolikt om hon inte var inskriven på en topprehabilitering."

"Vilket slöseri. Det är bäst att jag går till kontoret. Låt mig veta om du hittar något annat", sa Miller och gick mot dörren.

"Det ska jag göra."

Millers telefon ringde.

"Var är du?" frågade han. "Jaha. Jag kan hämta det själv. Det är inga problem. Jag är på väg. Jag kommer in så fort jag har det. Tack."

Miller träffade Richards' som överlämnade väskan.

"Vad händer om ingen gör anspråk på den?" frågade Andrea.

"Vi behåller den som bevis tills någon gör det", sa Miller. "Tack för att du lämnade in den."

Kapitel 39

BENJAMIN OCH ABE

MILLER SKICKADE ETT SMS till Abe och berättade namnet på den polis som skulle komma för att träffa Katie och ta ett DNA-prov på henne. Abe ringde hem och berättade detaljerna för B enjamin.

"Hon heter konstapel Lane och hon kommer när som helst nu."

"Inga tecken på henne ännu", sa Benjamin.

"När hon kommer, be El att ge henne en kopp te och vänta på att jag kommer." I bakgrunden hörde han dörrklockan ringa.

"För sent, hon är redan här och El är upptagen med kunder."

"Säg åt henne att stänga butiken och komma in omedelbart."

"Okej."

"Över och ut", sa Abe.

Benjamin sms:ade El att stänga butiken och komma till huset omedelbart. Han öppnade dörren.

"Jag heter konstapel Lane", sa hon.

El anlände och frågade: "Vad är det för nödsituation?"

Benjamin sträckte ut sin hand.

"Jag är här för att träffa Katie", sa Lane. "Och för att ta ett DNA-prov."

El sträckte ut sin hand. Hon bjöd in konstapel Lane till vardagsrummet.

"Det här är konstapel Lane, Katie."

"Katie, du kan kalla mig Lacey. Jag har någon här som säger att han har saknat dig." Hon drog fram en trasig teddybjörn.

Barnets ögon lyste upp när hon tog emot sin nalle. "Edward", ropade hon. Sedan sa hon till konstapel Lacey: "Åh, tack." Till nallen sa hon: "Jag har saknat dig så mycket." Hon höll hans ansikte mot sitt öra och sa: "Ja." Följt av: "Verkligen?"

Konstapel Lane log. "Edward är ett trevligt namn. Jag är glad att se er två återförenade. Nu vill jag prata med dig om hur du kan hjälpa oss att hitta din mamma."

"Har hon gått vilse?" frågade Katie med en sur min.

"Vi är inte säkra", sa Lacey, "men vi skulle verkligen behöva din hjälp."

"Vad vill ni att jag ska göra?"

Konstapel Lane stoppade ner handen i sin väska och tog fram DNA-kitet. Hon tog fram en cue tip och öppnade en behållare för att lägga den i. "Jag skulle vilja sätta den här i din mun och ta vad vi kallar ett prov."

"Jag har bara hört talas om dem i öronen", skrattade Katie.

"Precis vad min lilla flicka skulle säga", sa Lane med ett leende.

"Vad heter hon?"

"Hon heter Jemma, men vi kallar henne Jem."

"Vilket vackert namn, som en juvel", strålade Katie.

Polismannen log. "Den är mjuk så det gör inte ont. Jag ska köra in den i din mun och sedan lägga den i den här behållaren så skickar vi den till ett labb."

"Om du är rädd, Katie", sa Benjamin, "kan du ta ett prov på mig först, så att du får se hur det känns."

"Jag är inte rädd", sa Katie.

Konstapeln tog provet och skrev sedan Katies namn på etiketten. Hon fäste den på behållaren. "När är din födelsedag? Och hur gammal är du?"

"Det är den 1 september och jag är sju och ett halvt år."

När polisen hade genomfört testet frågade hon de andra om hon kunde få prata med Katie på egen hand.

"Det behöver du inte", sa Benjamin. "Om du inte vill."

"Han har rätt, Katie. Du behöver inte", sa Lane. "Du vill hjälpa oss att hitta din mamma, eller hur? Jag menar, om du kunde hjälpa till så skulle du väl vilja det?"

Katie tittade på El.

"Vilken sak att fråga", sa El. "Naturligtvis vill hon hjälpa till, men hon är ju bara ett barn."

Katie nickade till konstapel Lane och ledde henne in i sitt rum, där hon visade sin docka och började prata om den.

"Mark, Mr Wheeler köpte den här dockan till mig i julklapp, som en överraskning. Han kom alltid över och gav mig överraskningar."

"Var han snäll?"

"Ja", sa Katie.

"Är det något mer du vill berätta för mig?"

"Han och min mamma var lyckliga ibland." Hon tittade bort. "Andra gånger skrek de och han gick."

"Grät din mamma? När han gick?"

"Ja, tills vi gick ut och åt milkshakes."

"Gillar du milkshakes?"

"Ja, jordgubb är min favorit."

"Vad skulle hända då?" frågade Lane.

"Han skickade presenter till min mamma och ibland till mig."

"Det var snällt av honom", sa Lane och lekte med dockans hår och sedan med Katies hår.

"De känns inte likadana", sa Katie. "Mitt är mjukare."

"Du har rätt."

"Det är för att El använder ett speciellt balsam i mitt hår och hon borstar det femtio gånger varje kväll innan jag somnar. Hon sa att vuxna får hundra strykningar och barn får femtio strykningar." Katie fnissade.

Konstapel Lane tittade på det igentejpade fönstret, "Vad har hänt här?"

"El sa att jag gick i sömnen. Jag minns inte."

"Har du gått i sömnen förut?"

"Jag tror inte det", svarade Katie. "El satte bandage på mig. Hon är utbildad sjuksköterska. Min mamma ville bli lärare, men..."

"Vad stoppade henne?"

"Att jag föddes", sa Katie. Hon lade tillbaka dockan på sängen och frågade: "Finns det något annat? Som kan hjälpa mig att hitta min mamma?"

"Jag undrar om du har några mostrar eller farbröder, mor- eller farföräldrar, vänner, som din mamma kan ha bott hos? Hur är det med din pappa?"

"Mamma har en syster, men jag har aldrig träffat henne. Mamma är äldre. Jag har aldrig träffat mina morföräldrar. Jag har aldrig träffat min pappa."

"Var bor din mammas syster? Så att vi kan ringa henne?"

"Det vet jag inte."

"Har du någonsin bott någon annanstans?" frågade Lacey.

"Nej." Katie tittade på sina fötter. "Ledsen att jag inte är till mycket hjälp."

Officer Lane klappade henne på huvudet, "Jag vet inte, ibland vet vi mer än vi tror att vi vet. Fortsätt tänka."

"Tack än en gång för min stoppning."

"Det var så lite."

Assistent Lane tog sig till labbet med provet och satte upp det på listan över högprioriterade ärenden. Efter en kort konversation kunde hon flytta upp det till toppen. Hon gick tillbaka till s tationen.

✳✳✳

MILLER FICK ETT SAMTAL från konstapel Lane.

"Enligt begäran tog jag Katie Walkers DNA-prov direkt till labbet. De gjorde en jämförelse med kvinnan nere på bårhuset - de matchar."

"Jag ser inte fram emot att berätta den här nyheten. Det är det värsta som kan hända."

"Om du behöver mig så följer jag med som stöd."

"Tack för erbjudandet, men det här är en tid då vår rådgivare kommer att vara mycket användbar. Vi har inte haft anledning att använda henne så ofta eftersom hon arbetar på annan ort. Jag har inte haft så mycket kontakt med rådgivare Briggs, har du?"

"Jag har inte ens träffat kvinnan", sa officer Lane.

"Jag antar att jag blir den första att arbeta med henne från vår station."

"Vad som än händer, Sarge, bör hon vara välutbildad för att hantera det."

"Det hoppas jag verkligen. Tack, och vi ses på stationen." Han kopplade ner och insåg att han inte hade Eleanor Briggs nummer i sin telefon. Han ringde stationen igen och bad receptionisten att leta reda på numret. Han skrev in informationen i sin telefon och ringde Briggs och informerade henne om situationen.

"Jag kan vara redo så snart du behöver mig", sa Briggs.

"Okej, jag kommer förbi och hämtar dig om ungefär femton minuter", sa Miller och gjorde en u-sväng. Han kunde inte låta bli att tänka på Katie. Den här nyheten skulle krossa hennes hjärta.

Motvilligt ringde han upp Abes nummer och informerade honom om situationen.

✳✳✳

B ENJAMIN KÄNDE SIG KLAUSTROFOBISK och önskade att butiken kunde öppna. Det skulle vara en välkommen distraktion. Han skickade ett sms till Abe: "Var är du?"

Abe var nästan hemma när han fick sms:et, då kom ett samtal från sergeant Miller.

"Jag har tråkiga nyheter om Katies mamma. Hennes kropp hittades nära viadukten."

"Självmord?"

"Det har inte uteslutits."

"Okej. Otroligt tråkiga nyheter. Stackars Katie. Ska jag berätta för henne nu? Jag är på väg in."

"Nej. En kurator och jag kommer över för att berätta för Katie. Kommer du, Benjamin och El att vara närvarande? Hon behöver ert stöd."

"Uh, ja. En sådan sorglig utgång. Naturligtvis kommer vi alla att vara där."

När han kom hem gick han in i vardagsrummet och såg Katie gosa med ett gosedjur. "Vem är det nu?" frågade han.

"Det är Edward Björn, mitt gosedjur."

"Jag skulle vilja ta en närmare titt, om du kan springa in i mitt rum och hämta mina glasögon."

Katie skuttade ut och ner i hallen. Han vinkade Benjamin och El närmare och berättade de tråkiga nyheterna.

✳✳✳

"**S**TACKARS KATIE", SA EL med tårar i ögonen.

Benjamin sa ingenting.

"Sergeant Miller kommer över med en rådgivare för att berätta för Katie. De vill att vi ska vara här och stötta henne. Rådgivaren kommer att hantera situationen, hon är utbildad för att hjälpa barn i traumatiska situationer."

"Katie kommer att bli förkrossad, den stackars älsklingen. Vad ska det bli av henne?"

"Och när de har berättat för henne, vad händer då?" Benjamin sa, hans axlar sjönk ihop. Hans kropp kollapsade in i sig själv, som om han just hade fått ett slag i magen. "Kommer de att ta henne, skicka henne till fosterföräldrar - jag menar, till främlingar?"

"Hon är lycklig här", sa El.

"Förutom incidenten med fönstret och mardrömmarna", sa Abe.

"Det kommer inte att vara i våra händer, när hon vet att hennes mamma är borta. Hon kanske har släktingar", sa El.

"Om inte, kommer hon att hamna i fosterhemssystemet. Hon kan inte gå in i systemet", sa Benjamin.

"Hon har varit hos oss i några dagar, sergeant Miller kommer att se till att Katie prioriteras, och han känner oss."

"Vi älskar Katie", sa El.

Katie kom in i rummet med Abes glasögon. Han böjde sig ner så att hon kunde sätta dem på hans ansikte.

"Tack, lilla vän", sa han och klappade henne på huvudet.

Abe, El och Benjamin bildade en cirkel med Katie i mitten. De lyfte upp henne och snurrade henne runt och runt. Hon fnissade, kastade huvudet bakåt och inbillade sig att hon flög.

Kapitel 40

Dåliga Nyheter

En knackning på dörren avbröt deras glädje. De satte ner Katie på golvet och Benjamin och El ställde sig bakom henne. Båda hade en hand på hennes axel. Abe gick för att öppna dörren och återvände en stund senare med sergeant Miller och rådgivaren.

Benjamin tog ett fastare grepp om Katies axel.

"Ni känner mig allihop", sa sergeant Miller. "Förutom du, Katie, är jag en gammal vän till Julius. Och det här är rådgivare Briggs. Hon arbetar med mig nere på polisstationen."

Abe skakade Briggs manliga hand, medan Katie, El och Benjamin stannade kvar där de var.

"Ni har ett vackert hem", sade Briggs i riktning mot El.

Briggs var nästan lika lång som Miller och med sådana axlar såg hon ut som om hon kunde ha spelat linebacker för Packers. Hennes jordgubbshår såg ut som om hon hade stuckit in fingret i ett uttag och sedan applicerat hårspray. Och hennes ansikte var inte runt eller ovalt, utan fyrkantigt på grund av luggen, håret och avsaknaden av hals. Hennes näsa var inte centrerad, så man var aldrig säker på om hennes korsögda gröna ögon tittade på den eller på den hon talade med. Briggs avancerade mot Katie som gömde sig bakom Benjamin och El.

Miller sa: "Katie, rådgivare Briggs, Eleanor, skulle vilja berätta något för dig. Det är viktigt."

Katie satt kvar där hon var tills Benjamin och El tog hennes händer.

"Jag ska berätta för henne", sa El medan hon och Benjamin ledde henne mot stolen. När de stod ansikte mot ansikte sa El: "Katie älskling, din mamma har kommit till himlen."

Briggs ingrep. "Din mamma har dött, Katie."

El tog Katie i sina armar.

"Katie", sa Briggs och böjde sig ner för att röra henne på ryggen. "Förstår du? Om din mamma? Är det något du vill fråga mig? Det är okej om du vill gråta."

Katie sa ingenting utan gick tvärs över rummet där hon sträckte ut armarna och började snurra. Hon såg ut som om hon låtsades vara en väderkvarn.

"Hon är inte död", sjöng hon till en alltför bekant melodi - Frere Jacques.

Benjamin med tårarna rinnande nerför kinderna tog upp henne i sina armar.

Hela tiden skrek Katie: "Hon är inte död! Hon är inte död!" samtidigt som hon dunkade sina små knutna nävar mot hans bröst.

Benjamin lät henne slå ut all smärta genom att använda honom som slagpåse. När hon var helt tom på känslor och utmattad föll hon ihop i hans armar som en ragdoll. Han bar henne till hennes rum och stoppade om henne i sängen. Hon slöt ögonen. Tårar sipprade fram då och då, han torkade bort dem och höll hennes hand och s åg på när hon somnade.

I korridoren vände sig Briggs till El: "Katie är nu en av domstolens skyddslingar. De kommer att besluta vad som är bäst för henne."

"Hon har precis förlorat sin mamma", sa El och knöt nävarna så hårt att naglarna bröt igenom huden. "Vad är du för slags kvinna?"

"Oj. Hon gör bara sitt jobb, El", sa inspektör Miller.

"Du behöver ett domstolsbeslut för att få bort henne från mitt hem", sa Abe.

Sergeant Miller blängde på sin gamle vän. "Vänta lite nu Abe. Vi har inte för avsikt att storma hennes rum och slita henne ur sängen. Hon har precis förlorat sin mamma och vi skulle inte göra det mot henne eller något annat barn, varken nu eller någonsin. Dessutom känner hon dig och det är bättre för henne att vara på en bekant plats med människor hon litar på och känner."

"Hon är en del av vår familj nu", sa El.

"Ja, men hon är inte ert barn", sa Briggs. "Dessutom finns det lagar och protokoll som måste följas."

"Du är en kall kvinna", sa El och blev helt upprörd över Briggs.

Miller drog isär dem. "Jag ska prata med henne", sa han till El. Sedan till Briggs: "Vi kan prata om det här utanför."

Briggs satte händerna på höfterna. "Visst, vi kan fortsätta den här diskussionen utanför."

Hon tog ett steg mot dörren och sa sedan till El och Abe: "Så ni är medvetna om proceduren. När jag har lämnat in pappersarbetet kommer en domare att besluta vad nästa steg blir. Det normala förfarandet är att barnet överlämnas. Vanligtvis inom de närmaste tjugofyra till fyrtioåtta timmarna. Underlåtenhet att göra detta kommer att leda till böter för obstruktion, äventyrande och eventuellt till och med fängelse. Allt beror på vilken domare som tilldelas Katies fall." Hon vände dem ryggen och gick mot u tgången.

"Hon heter Katie", ropade El efter henne.

Miller bad så mycket om ursäkt när han följde Briggs ut genom dörren.

Kapitel 41

MILLER OCH BRIGGS

Miller klickade upp dörren till sin cruiser. Väl inne i bilen stängde han den. Efter att ha tagit ett par djupa andetag låste han upp passagerardörren för att släppa in Briggs i fordonet. När hon spände fast säkerhetsbältet slog han ner sina knutna nävar på ratten. "Du hade inte behövt vara så hård mot dem."

"De har blivit för fästa vid ett barn som inte är deras. Ett barn som hör hemma hos familjen, inte hos tillfälliga främlingar. Hon behöver mer än någonsin vara med blodssläktingar, inte wannabe-släktingar."

"Tänk om det inte finns några släktingar?"

Briggs skakade på huvudet. "Om vi inte letar kommer vi aldrig att få veta. Det är vår plikt mot barnet att söka upp dem. Att vända på varje sten. Att se till att hon får bästa möjliga vård av människor som kan hjälpa henne att hantera sin s org."

"De älskar henne, har gjort henne till en del av sin familj och jag har känt dem i flera år."

"Jag vet att du har gjort det, men det är något. Det är något som inte stämmer. Jag kan inte sätta fingret på det, men det finns där."

När han backade ut från uppfarten tog Miller ytterligare ett djupt andetag. "Men om det inte vore för dem hade hon kanske blivit bortförd eller mördad. De räddade henne, räddade henne. Gud vet vad som skulle ha hänt henne om hon hade lämnats ensam vid vattnet hela natten. Du vet hur området är efter mörkrets inbrott. Knarkare och prostituerade. Barnet hade en jäkla tur att Julius familj hittade henne, tog hand om henne och behandlade henne som om hon vore deras e get barn."

"Jag förstår var du kommer ifrån Sergeant Miller, men även du måste inse att barnet måste prioriteras här. Och jag måste följa mina instinkter."

Han var så arg att han inte kunde prata, så istället grävde han ner naglarna i läderskyddet på ratten medan hon fortsatte att svamla.

"Du har varit polis i flera år nu och ditt rykte är enastående. Och ändå låter du dina egna känslor spela dig ett spratt. Från vad jag har hört lät du polisen betala notan för att leta efter ett barn som du visste var det befann sig i flera dagar? Du låtsades till och med för pressen att vi fortfarande letade efter inte bara hennes mamma, utan även efter Katie. Som du mycket väl vet var dina handlingar i båda fallen i strid med rutinerna."

Miller grävde ner naglarna ytterligare i rattskyddet. Han höll andan och koncentrerade sig på vägen. Om han inte gjorde det skulle han bli extremt arg och ... han ville inte tappa kontrollen när hon vred på hans strömbrytare. Försökte få honom att tappa fattningen genom att ifrågasätta hans integritet. Han var hennes överordnade, på alla sätt och vis, och ändå stod hon här och babblade på som om...

"Åh, jag fattar", sa hon. "De är dina vänner och de kan inte få barn, så här har vi allas barn som ingen vill ha."

Miller tvärbromsade när ljuset gick från gult till rött. "Vem tror du att du pratar med?" krävde han. "För det första är det ingen som "betalar notan", som du kallar det. Faktum är att jag följde protokollet och rapporterade till D.P.C. om att Katie bodde hos Abe och hans fru. Han sa åt mig att övervaka situationen, vilket jag gjorde. Och när RCMP blev inblandade lät jag dem veta var hon var. Jag följer protokollet."

Hon skakade på huvudet, "Jag är ledsen, det här är inte personligt. Det är därför systemet finns, för att skydda dem som inte kan skydda sig själva."

Han bekräftade hennes sista uttalande med en nick och visste att det var sant. Att lämna Katie där hon var var vettigt, men Briggs hade rätt om en sak, regler var regler. Fakta var alltså att paret var äldre och det kunde påverka domstolarna.

"Det här är min jurisdiktion", sa Miller. "Prata inte om regelboken för mig. Jag följde reglerna, medan du fortfarande knuffades runt i en barnvagn."

Briggs skrattade.

Han fortsatte, nu lugnare. "Systemet har sina brister, men barnet Katie försvann inte i systemet. Hon överlämnades till familjen Julius, som är en av grundpelarna i vårt samhälle."

Briggs var tyst en stund. "Given är det ord jag har invändningar mot. Ett barn är inte en valp som ska överlämnas. En domare måste titta på fakta och avgöra det här fallet. Domaren kommer att se saker i svart och vitt. De kommer inte att påverkas av känslor."

"Jag går i god för Abe och El. Om jag dog skulle jag inte kunna tänka mig ett bättre par att ta hand om mina egna barn - om de fortfarande var barn. Mina har alla vuxit upp."

"Det här handlar inte om dig, sergeant Miller. Det här är inte din kamp."

Miller var tyst. Hon hade rätt om en annan sak: det var inte hans kamp. Men han kände Abe och hans familj.

Miller släppte av Briggs vid hennes parkerade bil och åkte till stationen. Hon gjorde honom så arg, rasande. Det han hatade mest var hur rätt hon hade. Å ena sidan skulle de flesta domare inte bry sig om Abe och El och hur gamla de var.

Å andra sidan skulle de inte bry sig ett dugg om rådgivare Briggs så kallade instinkter. Speciellt inte om han gick in och pläderade för Julius fall först. Han räknade med att det skulle ta Briggs minst trettio minuter att komma tillbaka till kontoret. Mer eller mindre beroende på trafiken. Under tiden hade han satt en plan i verket.

Tillbaka på kontoret klickade Miller in sig på databasen och läste Officer Lanes rapport. Han skrev in ett uppdaterat tillägg:

Datum, tid. Sergeant Alex Miller och rådgivare Eleanor Briggs träffades i familjen Julius hus, där Katie Walker har bott sedan hennes mamma försvann på Datum, Tid. Med Abe, hans fru, El och deras fosterson - han skrev över foster - tillagd adopterad.

Han stannade upp eftersom han var osäker på om pojken fortfarande var fosterbarn eller adopterad. Han skrev om fosterson, medan Katie informerades om sin mors död.

Enligt min mening bör barnet stanna kvar hos familjen Julius. Hon känner dem och har byggt upp ett förtroende. Att flytta henne, i denna tid av sorg, till okända omgivningar, med människor hon inte känner skulle vara en grym och onödig förändring och det skulle kunna få återverkningar på den lilla flickans chans att överleva förlusten av sin mamma.

Han slutade skriva och läste igen. Han kände ett behov av att bemöta Briggs intuition. Sanningen var att den enda person som hade gjort barnet upprört var Briggs själv.

Han klickade för att stänga filen.

Miller ringde en vän till honom, domare Anders, som föreslog att en preliminär förhandling skulle hållas. Anders höll med om att det inte fanns någon anledning att rycka upp barnet med rötterna.

"Be den sökande att komma till domstolen om en timme", sa Anders. "Då kan vi sätta igång."

"Tack", svarade Miller. Han lade på luren och ringde Abe och förklarade hur brådskande det var att han kom till tingshuset. "Möt mig i entrén, så fort du kan. Vi ska träffa domare Anders på hans kammare tillsammans och reda ut pappersarbetet." Han tvekade och fortsatte sedan. "Jag har bett om en tjänst som jag hoppas ska räcka för att du ska kunna ha Katie med dig", sa Miller. "Så kom inte för sent."

"På väg", sa Abe och beställde en taxi. Så fort han klev in i bilen, innan han ens hade hunnit spänna fast säkerhetsbältet, instruerade han chauffören att köra honom till domstolen så fort som möjligt.

"Om jag får en böter måste du betala räkningen", sa föraren.

"Jag säger inte att du ska bryta mot lagen, bara att du ska följa den och undvika de mest trafikerade vägarna."

"Visst", svarade föraren.

***

TILLBAKA PÅ SITT KONTOR bläddrade Eleanor Briggs igenom Katie Walkers filer online. Bingo, hon hittade en färsk rapport skriven av konstapel Lacey Lane. I den sa Lane att Katie hade mardrömmar och gick i sömnen. Vid ett tillfälle hade hon till och med skadat sig själv. El Julius tog hand om henne utan att ringa efter en ambulans och påstod sig vara en kvalificerad sjuksköterska.

Till originaldokumentet skrev hon in följande tillägg:

Datum, klockslag. Rådgivare Eleanor Briggs och Sergeant Alex Miller besökte Julius hem där Katie Walker informerades om sin mors död. Närvarande var också Abe, El och Benjamin Julius.

Katie hade bott hos dem sedan hennes mor försvann på Date. Barnet tog emot nyheten så bra som det var möjligt under omständigheterna.

El Julius blev dock fientlig när Briggs försökte kommunicera direkt med barnet. Efter att ha läst polisman Lanes rapport är det denna rådgivares åsikt att de nämnda mardrömmarna kan ha varit ett direkt resultat av fru Julius överdrivna moderskap. Detta är oroande, eftersom Katies mor fram till idag - ansågs vara vid liv. Det är därför min rekommendation att Katie Walker omedelbart flyttas från Julius hem. Helst till ett hem med en blodsförvant.

Hon slutade skriva och funderade ett ögonblick. Gav denna information något svar på den magkänsla hon hade? Hon bestämde sig för att det inte gjorde det. Ändå hade hon nu mer information som skulle göra hennes fall starkare.

Briggs var säker på att de flesta domare skulle följa hennes rekommendationer och ta hand om lilla Katie Walker i provinsiell vård.

Hon tryckte på SEND.

Kapitel 42

BRIGGS MISSAR DET

En vän som arbetade på domare Anders kontor var skyldig Eleanor Briggs en tjänst. Hon ringde och berättade om situationen. "Den jäveln", utbrast Briggs. Anders var inte den sortens domare som man kunde ringa och förhandla med. Ansikte mot ansikte var det enda sättet med honom. Hon sprang ut ur byggnaden, ner till sin bil och tog sig till domstolen.

Briggs kunde inte tro att Miller skulle kontakta en domare, än mindre en domare som hon aldrig varit överens med. Vid närmare eftertanke trodde hon dock inte att Miller skulle veta att de hade blivit osams. Å andra sidan gick ryktet i distriktet. Folk pratade. Skvallrade som i vilken annan karriär som helst. Det var för mycket av ett sammanträffande.

Miller måste ha vetat. Hon svängde runt ett hörn och lät däcken skrika när ljuset slog om till gult.

Hon dunkade nävarna mot ratten. Hon kunde fortfarande inte tro att det var domare Anders som satt vid denna preliminära utfrågning. Han var känd för sin mildhet och älskade historier som berörde honom. Han var en bra, rättvis och rättvis domare, men han bar sitt hjärta på ärmen - vissa tyckte att det var hans bästa egenskap som domare. För Briggs var det enda sättet att arbeta att följa reglerna enligt boken. Om bara Anders visste om mardrömmarna och att fru Julius låtsades vara sjuksköterska - det skulle kunna f örändra allt.

Briggs kom fram till domarens kammare precis när Miller och Abe var på väg ut.

"Ni kommer för sent", sa Miller. "Domare Anders har godkänt vår begäran om att Katie ska stanna hos Julius under en månads tid. Han kommer att ta upp fallet igen när perioden är slut."

Briggs trängde sig förbi de två männen och gick in i Anders kammare och stängde dörren bakom s ig.

"Han kommer inte att uppskatta att bli ifrågasatt", sa Miller när han och Abe lämnade byggnaden.

KAPITEL 43

ABE OCH MILLER

MILLER VAR NÖJD MED resultatet när han körde Abe hem. Det enda som skulle kunna förändra situationen för Katie under den närmaste månaden var om en släkting trädde fram. Annars skulle barnet förbli i deras vård på obestämd tid.

Abe var tyst tills bilen stannade vid hans hus. "Vad händer om Briggs får som hon vill och Katie skickas för att bo med totala och fullständiga främlingar?"

"Vi vann en dom till vår fördel, låt oss inte oroa oss för det nu."

"Men jag oroar mig. Jag är säker på att Benjamin och El också är oroliga. Ska vi berätta för barnet att hon bara kommer att vara hos oss i en månad? För att förbereda henne?"

"En månad för en liten flicka som Katie är en lång tid", sa Miller. "Och hon sörjer fortfarande sin mamma."

"Det kommer att bli en svår väg framöver, men tack", sa Abe när han klev ur bilen. Han vinkade när sergeant Miller körde iväg.

KAPITEL 44

KATIE

Ӓʀ Kᴀᴛɪᴇ ᴠᴀᴋɴᴀᴅᴇ sᴛɪʀʀᴀᴅᴇ hon upp i taket. De små rosenbladen såg ännu vackrare ut idag när solen sken in på dem. Hon tittade på de röda kronbladen som dansade i luften, rullade och fladdrade som i en film.

El sov djupt bredvid henne och Benjamin sov på stolen. Hon mindes att något underbart hade hänt och sedan något som inte var så underbart.

Hon slöt ögonen och försökte minnas både det bra och det dåliga. Hon tänkte på mannen i polisuniform och den läskiga kvinnan. Hon ryckte till när hon mindes att kvinnan hade tagit tag i henne.

Sedan kom hon ihåg. Den elaka kvinnan sa att hennes mamma var död, men det var hon inte. Hon jämrade sig.

Benjamin och El höll om barnet i sina armar.

"Hon är inte död", sa hon med tårfyllda ögon.

"Det kommer att bli bra", sa El och kämpade mot tårarna.

"Vi finns här för dig", lugnade Benjamin.

Benjamin visste att han inte kunde ta bort hennes smärta, den var hennes och bara hennes. Han hade själv upplevt samma smärta av att förlora någon. Det var så han visste att han kunde hjälpa henne genom att dela hennes smärta, precis som Abe hade gjort för honom för länge, länge sedan. Då hade han delat med sig av sin smärta till Abe, nu skulle han låta Katie dela med sig av sin smärta till honom.

Kapitel 45

MER KATIE

När Abe gick in hittade han Benjamin och El i Katies rum.

"Jag behöver prata med dig, El", viskade han.

Hon kom ut och lämnade Benjamin och Katie kvar med dörren på glänt.

Abe tog sin fru i handen och ledde henne genom hallen.

"Tar de henne ifrån oss?" frågade hon.

"Kom med in i köket så kan vi prata ordentligt."

Benjamin hade vaknat och lyssnat tills de gick ut i köket.

"Nej, vi vann idag, hon kan stanna hos oss i minst en månad till, och kanske på obestämd tid."

"Jag är glad att hon inte behöver flyttas. Hon är inte i form för att tas bort och bo med främlingar. Jag skulle inte stå ut med det."

"Det är bara tillfälligt, men tack vare sergeant Millers engagemang är det en seger."

"Vi måste berätta för Benjamin."

De gick till Katies rum. Hon sov, Benjamin däremot fanns ingenstans att hitta. När de återvände till Katies rum smekte El den lilla flickans huvud. Hon kastade tillbaka täcket: det var dockan, inte Katie. "Åh nej!" utbrister hon.

Det äldre paret letade i alla rum i huset, sedan gick de ut i trädgården. Fortfarande inga spår av vare sig Katie eller Benjamin.

"Vart kan de ha tagit vägen?" frågade El.

"Jag vet inte", sa Abe.

"Hon var så förtvivlad. Vi hade precis lugnat ner henne innan du bad att få tala med mig." Hon flämtade till. "Kanske Benjamin trodde att de skulle ta henne och därför tog han henne innan de kunde. När du kallade ut mig ur rummet... måste han ha tänkt." Hon grät mot sina händer.

"De kan inte ha gått långt."

Kapitel 46

BENJAMIN OCH KATIE

HAN BAR DET SOVANDE barnet i famnen och satte sig i den taxi han hade beställt.

"Min syster somnade innan jag kunde köra henne hem", förklarade han.

Chauffören ryckte på axlarna.

Benjamin strök Katie över håret när hon sov. Att ta med henne hem hade varit det enda sättet att hålla henne säker. Det fanns faror överallt. Faror som bara han kunde skydda henne från.

Fyrtiofem minuter senare, på andra sidan stan. "Du kan släppa av oss här", sa Benjamin.

"Hon sover verkligen gott", sa föraren. Han klev ur och öppnade dörren. Benjamin lade några sedlar i sin hand.

Mannen vid dörren öppnade den och han tog nyckeln. I hissen vaknade Katie till en kort stund, men somnade sedan om igen.

Väl framme på sjunde våningen öppnade han dörren och lade försiktigt ner henne på sängen.

Han drog för gardinerna, lade en filt över henne och satte sig i en stol nära sängen. Han slumrade till.

"Vad har hänt? Var är jag?" frågade Katie, gnuggade sig i ögonen och försökte ta sig upp ur sängen. Det gick inte utan hon låg kvar på kudden. Några timmar hade gått och hon befann sig på en okänd plats. En plats som luktade sockervadd och bränt rostat bröd.

Benjamin hade väntat på att Katie skulle vakna till innan han pratade med henne. När de läkemedel han hade gett henne hade slutat verka kunde han prata med henne. Förklara saker och ting. Hålla henne lugn.

Han ville inte att hon skulle skrika. Någon kanske hörde henne om hon skrek. Då skulle han bli tvungen att skada henne. Han ville inte göra henne illa.

KAPITEL 47

ABE OCH EL

"DET ÄR NOG BÄST att vi ringer sergeant Miller och meddelar honom", sa Abe.

El stoppade honom. "Varför? Allt kommer att bli bra. Han kommer att föra henne tillbaka. Hon kommer inte att ha gått långt, inte utan sin d ocka."

"Jag har en dålig känsla om det här", sa Abe. "Jag ringer till sergeant Miller." Han reste sig upp och gick till telefonen. Tog upp den och började r inga.

"Du har rätt, Abe." Hon flyttade sig närmare honom precis när hennes man lade på luren och vände ryggen till för att gå därifrån. "Vi måste vara de som rapporterar det. Båda barnen är försvunna."

Hon följde sin man tätt i hälarna. "Det är vårt ansvar. Vi måste hitta barnen, och det snabbt."

"Och det ska vi, det finns ingen anledning till panik."

"Kanske", sa El, medan Abe återigen lade på luren. "Kanske det. Men..." El gick mot ytterdörren. "Jag går ut och ropar på dem. De kanske gömmer sig. De kanske leker kurragömma."

Abe tog henne i armen. Han drog henne tillbaka in i vardagsrummet.

El såg tyst på medan hennes man gick runt och blev mer upprörd för varje ögonblick som gick.

Kapitel 48

KATIE

På en stol bredvid sängen satt Benjamin. Han såg ut som Benjamin och sedan gjorde han inte det. Han var suddig och långt borta.

Var var El? Var var Abe?

Hon tittade upp i taket, det fanns inga dansande rosenblad i det här rummet. Rummet började snurra och hennes mage steg upp till halsen.

Benjamin stod vid hennes sida och höll i en ishink som hon kräktes i. När hon var klar gick han in i badrummet och spolade ner innehållet i hinken i toaletten. Han spolade kallt vatten på en tvättlapp och gick tillbaka för att lägga den på barnets panna.

"Bättre nu?" frågade han när hans telefon vibrerade. Det var Abe som ringde. Han stängde av telefonen och tog ut batteriet. Lade den på marken och stampade på den och slängde sedan resterna i soptunnan.

Katie tittade tyst på honom tills han kom tillbaka. "Ja, tack", sa hon. Han satte sig på sängkanten och tittade på henne. "Var är vi nu? Var är min mamma? Jag vill ha min mamma! Och var är Abe och El? Jag vill ha El."

Benjamin vände sig bort och ställde sig upp. "De var tvungna att försvinna. Precis som din mamma var tvungen att försvinna." Han gick tvärs över rummet och satte sig i en stol. Han drog upp benen så att han satt i yoga-stil och blundade sedan som om han tänkte medla.

Katie snyftade.

Han öppnade ögonen. "Det är du och jag nu, du och jag, grabben." Han blundade igen och täckte för ansiktet.

Katie började gråta: "Jag vill ha min mamma. Jag vill ha min mamma!"

Benjamin rörde sig över golvet mot henne.

Hon ryggade tillbaka från honom och slog armarna om sig själv.

KAPITEL 49

EL OCH ABE

E L BLEV ALLTMER OTÅLIG över Abes passivitet.

"Vi måste göra något, nu", sa hon. "Tiden går och vad som helst kan hända. Jag önskar att jag inte hade hindrat dig från att ringa Alex. Jag önskar..."

Hon sträckte sig efter telefonen.

"Gör det inte", sa Abe och tog tag i hennes arm. "Gör det bara inte."

KAPITEL 50

EN KÄNSLA

S ERGEANT MILLER HADE EN mapp som väntade på hans skrivbord när han återvände till sitt kontor. Han bläddrade igenom en rapport som bekräftade att den döda kvinnans namn var Margaret (Maggie) Monahan. Han stannade upp och lutade sig tillbaka i stolen. Vänta nu. Katies mamma var Jennifer Walker. Men DNA-rapporten var en matchning för Katie.

Han lutade sig framåt och fortsatte att läsa om Margaret Monahan. När hans finger åkte längs hennes biografi bekräftade han en koppling: en syster. Margaret Monahan var det gifta namnet på Jennifer Walkers syster.

Han läste vidare och upptäckte att båda föräldrarna hade dött innan Katie föddes. Så hon hade aldrig träffat sina morföräldrar.

Han tänkte på Katies reaktion på nyheten. Hur hon hårdnackat hade vägrat att tro på det - och hon hade haft rätt.

Miller stormade ut från sitt kontor, han behövde gå någonstans men visste inte varför ännu. Abes namn dök upp i hans huvud. Varför? Han ringde honom. Inget svar. Ändå var det något som gnagde i honom. Han gick till sin bil, satte på sirenen som fick trafiken på alla sidor att stanna medan han körde till Abes hus.

När han körde in på uppfarten såg han direkt att ytterdörren stod på vid gavel. Den intilliggande butiken hade en CLOSED-skylt på fönstret.

Miller gick in och ropade: "Är det någon hemma? Det är Alex Miller. Abe? El?"

Huset var städat och tyst. Inget ljud från TV eller radio. Men något var verkligen fel, hans känsla hade varit rätt. Han drog sitt vapen och rundade hörnet som ledde in till vardagsrummet.

Det låg en kropp på golvet: El Julius kropp.

KAPITEL 51

ABE

EFTER ATT HA FÖRSÖKT ringa Benjamin - utan att få svar - gick Abe ut på gatan och vinkade in en taxi.

"Kör mig till tågstationen", krävde han och famlade i sin plånbok. I sin brådska hade han glömt att ta med extra kontanter. Han skulle få dem på stationen.

"Visst", sa chauffören och skruvade sedan upp radion.

Abe försökte ringa Benjamin igen utan att lyckas. Skulle pojken vara så idiotisk att han tog med barnet till deras hemliga plats?

KAPITEL 52

KATIE OCH BENJAMIN

ENJAMIN LADE ARMEN OM Katies axel och de satt sida vid sida på sängen utan att prata. Hon kelade med honom.

"Benji", sa hon och lade armarna runt hans midja.

Han kysste henne på hjässan. Han nynnade, en vaggvisa, tills hon somnade om. Han höll för öronen. Han hatade ljudet av minikylskåpet som surrade. Han drog ut kontakten ur väggen.

KAPITEL 53

MILLER OCH EL

"JESUS, EL", SA MILLER och gick ner på ett knä för att känna hennes puls. Den var där, svag, men där. Han höll hennes huvud i sin arm och hon öppnade ögonen.

"Vem gjorde det här mot dig?"

"Abe", viskade hon.

Miller lutade sig närmare, han hade inte hört rätt. Hade han?

"Abe. Det var Abe", sa hon och rullade tillbaka ögonen i huvudet medan han med sin fria hand skrev 911 på sin telefon.

Efter att ambulansen kört iväg med sirenen i högsta hugg försökte Sergeant Miller hitta Abe, Benjamin och Katie. Var hade de varit? Hade de alla gått någonstans tillsammans och lämnat El i det här tillståndet?

Medan Miller gick igenom allt, utan att något gav någon mening, ringde hans telefon. Han hoppades att någon visste något. Och El skulle bli okej. Det måste hon göra.

"Ledsen, Sarge, men hon fick hjärtstillestånd", sa ambulansföraren. "Vi kunde inte rädda henne."

"Åh nej", sa Miller och kopplade ner.

Han var tvungen att tänka igenom det här. Han var tvungen att rensa huvudet. Han var tvungen att hitta Katie Walker och berätta för henne att hon hade rätt. Hennes mamma var verkligen inte död, men El var det. Hur skulle han kunna berätta det för dem?

Miller ringde stationen och bad att ett team skulle skickas ner för att spåra alla inkommande samtal.

"Så snart som möjligt - jag menar igår", sa han.

Några ögonblick senare var ett team på väg till Julius hus.

KAPITEL 54

KATIE OCH BENJAMIN

BENJAMIN VAGGADE KATIES HUVUD fram och tillbaka och fram och tillbaka. Han låtsades att de satt i en gungstol, men det gjorde de inte. Istället befann de sig på den hemliga platsen. Den hemliga platsen dit alla bortglömda barn gick.

De andra barnen sprang och lekte, medan Katie sov vidare. Benjamin vinkade till dem och satte sedan fingrarna mot läpparna.

"Shhhh", viskade han.

Han lekte med hennes hår och funderade på hur han skulle förklara det beslut han hade fattat. Det var inte första gången han tog med någon till den hemliga platsen: platsen inuti Van Goghs målning Solrosor.

Men Katie var den yngsta, så han var tvungen att välja varje ord noggrant, eftertänksamt. Han insåg att hon skulle bli rädd när hon vaknade. Det var också därför han hade gett henne mer av sömnmedicinen, medan han bestämde sig för vad han skulle göra. Han hoppades att hennes övergång skulle bli lugn och enkel. Eftersom hon också var föräldralös nu. De skulle vara tillsammans, med de andra barnen. Ingen behövde vara ensam, inte här i denna nya värld.

Han mindes första gången han vaknade upp i Van Goghs värld. Abe hade aldrig gissat att han var utanför sin kropp medan den gamle mannen gjorde vidriga saker med den.

Och nu skulle han aldrig få veta. För han, Katie och de andra var säkert gömda i en ny värld dit vuxna inte fick gå.

KAPITEL 55

ABE

När Abe anlände till tågstationen tittade han på tidtabellen. Han köpte en biljett och synkroniserade sedan sin klocka med den beräknade ankomsttiden. Han hade en stund kvar att vänta. Att vänta och att oroa sig. Han gick över perrongen, satte sig på en tom bänk och började gå igenom sina bekymmer ett efter ett. Denna metod för att ta itu med varje problem hade varit en värdefull strategi för honom tidigare.

Först gjorde han en mental lista som började med El, Benjamin och slutade med Katie. Det var en kort lista, en lista som han lätt kunde få grepp om snabbt.

Händelsen med El var olycklig. Hon överreagerade, vilket fick honom att göra detsamma. Om hon bara hade låtit honom hantera saker och ting.

Det hade hon gjort tidigare och därmed undvikit en konfrontation. Han hade inte slagit henne hårt. Det var bara en kärleksknuff. Hon skulle återhämta sig och förlåta alla, som hon alltid gjorde. Han ringde hem för att kolla hur det var med henne.

"Hej", skällde en röst, en mansröst, när Abe tog sig till bankomaten. Efter att ha tagit ut lite pengar kontrollerade han vilken plattform hans tåg skulle anlända på och tog sig dit.

Abe talade inte, för han blev alldeles tyst när han kände igen Alex Millers röst i andra änden. Vad gjorde han där? Hade El ringt honom? Hade hon för avsikt att väcka åtal mot honom? Hon hade aldrig gjort det tidigare eftersom de alltid redde ut det mellan dem två.

"Abe är det du? El är död. Abe? Abe?"

Abe kunde inte tro det. El kunde inte vara död. Han släppte telefonen och den slog i trottoaren. Han hörde Alex ropa hans namn och tog upp telefonen. Tack gode Gud att den fortfarande f ungerade.

"Hon är vad? Nej, det kan hon inte vara!"

Bakom honom spårade Millers team av poliser var Abe befann sig och försökte få hans telefon att synkronisera och sända hans position. Polisen använde handsignaler för att indikera att de behövde mer tid.

Miller berättade. "Hon hade fått en kraftig smäll mot huvudet, jag ringde ambulansen, men hon klarade sig inte till sjukhuset. Var är barnen? Varken Katie eller Benjamin är i huset. Var är du?"

Abe gick mot trappan och ville åka hem. Han behövde hålla sig till planen. Att hitta Benjamin och Katie.

Polismannen påpekade återigen att Miller borde förlänga samtalet genom att hålla kvar honom på linjen.

"Din ytterdörr var vidöppen när jag kom hit. Jag var orolig för dig, Abe. Vi har varit vänner så länge att jag fick en magkänsla. Som om du behövde mig eller något", Miller tittade bort, de var på väg att lokalisera honom.

Han fortsatte. "Jag tänkte på den gången när du och jag tog med mina två pojkar ut på båten och fiskade lite? Kommer du ihåg? Det känns som så länge sedan nu, vi borde göra det igen. Vi kan ta med Benjamin och Katie den här gången. De skulle älska det. Tror du inte det?"

sa Abe. "Jag kan inte tro det om El. Hur kan hon vara död? Vem skulle någonsin skada El?" Han stannade upp och frågade sedan: "Sa hon n ågot?

"Nej, Abe, hon var medvetslös när jag kom. Jag har varit med så länge, och vi har varit vänner så länge, så jag antar att vi är sammankopplade. Som jag sa, när jag kom stod dörren vidöppen."

Abe andades in.

"Är du okej? Var är du nu? Jag kommer och hämtar dig; du kommer att vilja träffa henne, och vi kan hitta de två barnen, de behöver få veta."

En tågvissla ljöd, följt av ett tuffande ljud.

"Jag måste gå nu", sa Abe. Hans gamle vän svamlade - inte något han skulle göra under normala omständigheter. El hade sagt något. Nu försökte de hitta honom. Han slängde telefonen i soptunnan.

"Vänta Abe!" Miller ropade, han tittade på polisen.

"Vi har hans position, på en tågstation på östra sidan. Jag kollade precis och tåget på plattformen avgick, men han är fortfarande på plattformen."

"Skicka platsen till mig, jag åker dit nu."

"Det ska jag göra", sa polisen.

När han satte sig i sin bil satte han den blinkande lampan på taket. Han satte på sirenerna, vilket gjorde att han kunde ta sig fram genom trafikstockningar som smör.

Kapitel 56

ABE OCH TÅGET

På tåget nu satt Abe på en plats långt från andra passagerare så att han kunde tänka. El var borta. Hon var död. Han hade dödat henne, men det var en olycka. Han hade inte menat att skada henne. Hans liv var inte värt någonting utan henne.

Vid den första hållplatsen tittade han på passagerarna på perrongen. Det var irriterande att se dem gå omkring som robotar med full uppmärksamhet på sina telefoner. Om någon gick upp bakom dem kunde de knuffa ner dem på spåret. De skulle vara döda innan de visste vad som hände. Sorgligt vad världen hade kommit till. Vandrande robotar.

Det var därför han hade undvikit att använda en mobiltelefon så länge. Det var inte förrän Benjamin lärde honom fördelarna med att ha den till hands, som han gav den en chans. När de skulle träffas, med kort varsel, skickade de sms till varandra. Meddelandena var kodade så att ingen annan skulle veta vad de pratade om. Det var spännande och roligt.

När Abe tänkte på Els död hittade han på en historia i sitt huvud. Det var en historia som han skulle berätta för sergeant Miller nästa gång han såg honom. Han skulle börja med att berätta för sin gamle vän hur Benjamin var rädd för att de skulle omhänderta Katie. Benjamin som hade blivit misshandlad i fosterhemssystemet. Hur den stackars och förtvivlade tonåringen av misstag hade knuffat El. El hade fallit till golvet. Hur han själv hade kontrollerat att El var klar och sedan, med Els okej, hade sprungit ut ur huset för att hitta Benjamin som hade tagit Katie efter att han skadat El och sprungit därifrån.

Ja, efter allt han hade gjort för pojken skulle han övertyga honom att gå med på historien. Han hade sina sätt att övertyga pojken att göra allt han ville att han skulle göra.

Någon flyttade sig till sätet bakom honom: en kvinna av hennes parfym att döma. Han såg sig omkring, ja, en ung kvinna. Kanske tjugofem. På väg till jobbet eller till en fest, tänkte han, helt uppklädd till tänderna. Han såg henne dra upp ett äpple ur sin väska, och han grämde sig när hon tog en tugga, sedan flera andra. Hon tuggade med öppen mun. Lite äppeljuice stänkte på hans hals. Han torkade bort det. Äckligt och irriterande. Hon knaprade och tuggade. Krossade och tuggade. Han väntade på nästa knäck, väntade med spända axlar, men det kom aldrig. Han tittade tillbaka för att se varför och upptäckte att kvinnan h öll på att kvävas.

"Är det någon som kan Heimlichmanövern?" Abe ropade, men han och kvinnan var de enda i vagnen.

Han stängde munnen och insåg att hans rop hade dragit uppmärksamhet till situationen och för en bråkdels sekund, kanske mer, önskade han att han hade låtit kvinnan kvävas.

När medpassagerarna kom fram till dem dunkade han kvinnan hårt i ryggen så att hon spottade ut äpplet på golvet.

KAPITEL 57

MILLER CHASNING

M ILLER TOG SIG FRAM genom trafiken. Han tog en plats vid ingången till tågstationen. Han lät lamporna blinka så att biljettkontrollanterna inte skulle boka in honom. Han sprang uppför t rapporna.

"Du är nästan där. Rakt fram. Precis till vänster om dig", säger övervakaren.

"Det enda som finns på perrongen förutom mig är en soptunna", sa Miller. Han gick mot den.

"Ja, det är därifrån signalen kommer."

Sergeant Miller tog på sig handskarna och stoppade händerna i soptunnan. Han sköt undan ett bananskal och hittade vad han letade efter: Abes telefon.

"Kan jag hjälpa dig?" frågade en konduktör.

"Ja, hur länge sedan var det det senaste tåget gick härifrån?"

"För femton minuter sedan, men de kom inte långt."

Miller gjorde en dubbel take. "Hur kommer det sig?"

Konduktören fortsatte. "Tåget stannade för en nödsituation med en passagerare ombord. Ambulansen har hämtat en kvinna och hon är på väg till sjukhuset. Ett offer för ett äpple som fastnat i hennes hals. De säger att hon kommer att bli okej, bara kolla upp henne för att vara säkra av försäkringsskäl."

"Vad var tågets slutdestination?" frågade Miller.

"Det är ett expresståg, så det finns bara ett stopp i slutet av linjen."

"Tack så mycket", sa Miller. Han rusade nerför trappan, in i sitt fordon och aktiverade sirenen.

Kapitel 58

ABE DEN BARMHÄRTIGE SAMARITEN

ABE VAR INTE LÄNGRE på tåget och höll den kvinna i handen som han hade räddat. De satt i baksätet på en ambulans och var på väg till sjukhuset.

Strax efter att hon spottat ut äpplet kom ambulansen. Den irriterande unga kvinnan vägrade att gå in i fordonet om inte Abe följde med henne till sjukhuset.

"Han är min barmhärtige samarit", sa kvinnan.

Efter att ambulanspersonalen kört in kvinnan på sjukhuset på en bår såg Abe sin chans att fly. Han ringde efter en taxi. Medan han väntade på perrongen kom ambulansföraren ut.

"Tack för att du tog kontroll över situationen och räddade hennes liv."

"Visst", sa Abe genom det öppna fönstret. Sedan till föraren: "Släpp av mig i hörnet av Magnolia och Oak."

Den vita skåpbilen körde iväg och ambulansföraren klev in i hytten på sitt fordon. Ett meddelande kom över radion där alla förare uppmanades att hålla utkik efter en man som stämde in på Abes beskrivning.

Kapitel 59

MILLER OCH ABE

ILLERS TELEFON RINGDE. "En ambulansförare ringde precis. Han sa att en man som passar in på Abes beskrivning åkte iväg för några minuter sedan i en vit skåpbil. Ja, från sjukhuset. Han sa att Abe räddade en kvinnas liv på tåget."

"Låter mer som den Abe jag känner. Lyckades föraren få tag på registreringsnumret?"

"Nej, men han hörde den äldre herrn be om att bli körd till hörnet av Magnolia och Oak."

"Jag är nästan där nu", sa Miller och kopplade ner. Han undrade vad som fanns i närheten - det var ett välkänt skumt område där horor kantade gatorna även på dagtid.

Några kvarter senare stannade en vit skåpbil vid trafikljusen nära Magnolia. Miller klev ur sin bil och gick fram till passagerarsidan. Abe var ingen vårkyckling, men han ville inte ta några chanser att han skulle fly. Ingen passagerare fanns i fordonet.

Abe visade upp sitt ID-kort och frågade sedan om han hade tagit med sig en passagerare, en äldre herre, till den här platsen. Mannen nickade. "Vart tog han vägen?"

"Han klev av, ett par kvarter bort. Betalade mig kontant och sa sedan att han skulle gå resten av vägen."

"Det var nära ögat", sa Miller när han återvände till sin bil, men sedan ändrade han sig och gick ut på trottoaren. Han tittade upp och ner - inga tecken på Abe. Han gick över gatan och gjorde samma sak där och såg någon komma ut ur en butik med en väska. Han var tvungen att springa några kvarter för att hinna ikapp - och strunta i ljusen - men till slut fick han syn på honom.

Miller såg sin gamle vän gå uppför trappan. En concierge öppnade dörren för honom och lyfte på hatten.

Miller visade upp sin bricka för conciergen och gick sedan in. Hissdörrarna stängdes och var på väg upp till sjunde våningen. Han övervägde att ta trapporna upp, men väntade istället på att hissen skulle komma ner igen. Han gick in och tryckte på knappen och inom några ögonblick var han på rätt våning där han hade fyra dörrar att välja mellan. Vilken var Abes? Och vad gjorde han i en lägenhet i det här området? Han gick försiktigt från dörr till dörr och lyssnade med örat hårt mot dörren efter eventuella ljud inifrån.

Han hörde ingenting förrän han nådde dörr nummer fyra.

Kapitel 60

RUMMET

INNE I RUMMET STOD Abe helt stilla medan han försökte hämta andan. Håller han på att bli galen? För en sekund trodde han att han hade sett Alex Miller där ute. Inte en chans att hans gamle vän kunde ha följt efter honom - han hade ju slängt sin telefon.

Han öppnade väskan och packade upp sin nya kontantkortstelefon och kopplade in den för laddning. Sedan tog han fram två påsar godis - Benjamins favoriter. Han hällde upp dem i en skål som han ställde på nattduksbordet.

När han såg sig omkring i rummet lade han märke till två glas på soffbordet. Så de var där, eller hade varit där. Han insåg att han var törstig och hällde upp ett glas kallt vatten.

Han drack upp det, hällde sedan upp ett andra glas och höll det mot pannan. Det kändes bra, så han höll det på plats medan han såg sig omkring i rummet.

Bakom honom droppade kranen. Han mindes när han låg i sängen efter en av deras många sessioner och Benjamin sov bredvid honom. Redan då brukade kranen droppa droppa droppa. Han var tvungen att gå upp ur sängen och dra åt den. Gå tillbaka till sängen och igen, dropp dropp dropp. Under diskbänken hittade han en skiftnyckel och fixade problemet, men nu var det tillbaka igen. Det var ett tag sedan de hade varit t illsammans.

Han satte sig på sängkanten. "Katie? Benjamin?" Inget svar. Han försökte igen och lyfte upp täcket för att titta under sängen. "Jag kan höra dig andas." Han rörde sig mot balkongen, "Kom ut, kom ut, var du än är."

Kapitel 61

VAD?

Vänta lite. Frågade sig Miller, sa Abe deras namn högt? Han tryckte sitt öra närmare. Där var det igen, den gamle mannen kallade på barnen, som om de lekte kurragömma. Miller kliade sig i huvudet. Tonen som Abe använde var lekfull och bekant. Som om han hade gjort den här typen av saker förut.

Inne i rummet hörde han fotsteg, följt av ljudet av en dörr som öppnades och stängdes. Han höll örat tryckt mot dörren när en toalett spolade, kranen skrek, dörren öppnades och fotsteg tog sig genom rummet där en säng knakade. En stund senare hörde Miller högljudda snarkningar. Abes fru var död och han tog en tupplur.

KAPITEL 62

DRÖMMEN

ABE DRÖMDE ATT HAN var hemma igen och att han var tillsammans med El. I ett ögonblick flög de tillsammans över himlen. I ett annat låg de sked tillsammans på sängen.

Hon viskade i hans öra: "Abe."

"Abe", viskade Benjamin.

"Benjamin?" sa han när han reste sig från sängen. Inget svar.

Abe gick bort till garderoben. Han mindes Benjamin för många år sedan när han först hade kommit till deras hem. Han var rädd för allt och alla och hade funnit tröst genom att gömma sig i en garderob.

"Jag vet att du är där inne", sa han och öppnade dörren. Och mycket riktigt, Benjamin var där inne. Långt, långt bak mot väggen sittandes med benen i kors.

Abe kände längs väggen och letade efter en strömbrytare. Det fanns ingen.

"Kom ut, Benjamin", övertalade han. "Jag har med mig choklad och godis, dina favoriter." Men pojken rörde sig inte. Abe drog sig tillbaka till platsen där telefonen laddades. Nästan halvvägs. Han laddade ner ficklampans applikation. Han testade den och den fungerade bra. Han letade sig in i garderoben med telefonen som belysning.

Benjamin höll i något, en trasig docka. Abe siktade in sig med ficklampan. Det han höll i var ingen docka: det var Katie.

Han gick närmare, närmare. Han sträckte ut handen och rörde vid pojkens kind och sedan flickans - de var båda iskalla. Han skrek ett skrik för att väcka de döda.

Kapitel 63

BRYTA IGENOM TILL ANDRA SIDAN

MILLER SPARKADE IN DÖRREN med sin fot. Nu var han inne och drog sin pistol ur hölstret när Abe kom ut ur garderoben. Som en zombie svajade han över golvet och föll sedan först ner på knä och sedan med ansiktet nedåt på golvet.

Miller hade fortfarande sin pistol riktad mot Abe som snyftade och gnällde som en man som hade förlorat förståndet. Miller gick närmare och försökte förstå vad han sa. Först kunde han inte uppfatta det, sedan hörde han: "Död. Död. Död."

Han vände sig mot garderoben och när dörren redan var öppen klev han in. Det var för mörkt, han kunde inte se någonting. Han klev ut, använde den taktiska ficklampan på sitt vapen och gick tillbaka in.

KAPITEL 64

KROPPAR

FICKLAMPAN VAR FÖR STARK för ett så trångt och litet utrymme. Strålarna studsade och skapade mörka skuggor innan de fick syn på vad som fanns där. Två barn: Benjamin och Katie.

Först trodde han att de sov. Han förde ljuset över deras ögon. Först pojken, sedan flickan. Han var säker nu. Han hade sett det så många gånger. De två barnen såg ut som kadavren som låg på bårhuset.

Han rörde vid Katies ansikte och ryckte till: det var iskallt. Stackars barn. Död utan att veta att hon hade rätt om sin mamma. Benjamin var också kall.

Han visste att han inte borde flytta dem. Han borde inte störa deras sista viloplats. Och ändå, trots att han visste bättre. Trots att han insåg att han skulle störa bevisen, gjorde han det ändå.

Miller var först tvungen att lösa upp dem. Benjamins armar var runt Katie, som om han försökte skydda henne. Hennes huvud vilade på hans axel. Hennes hår, som luktade honung, snuddade vid hans kind när han satte ner henne på sängen. Han återvände till garderoben och kastade en blick på Abe när han gick. Han låg fortfarande på golvet och tittade framåt som en zombie. Miller lyfte upp Benjamin och lade honom p å sängen.

Han kastade en blick på Abe, kliade sig i huvudet och tänkte på sina egna barn. Hur kunde det här ha hänt? Vad hade det med Els död att göra? "Vad har hänt?" sa han till Abe.

Abe tog sig upp på knä. Han hade ingen kraft att ta sig upp på fötterna. Hans huvud hängde och hans ögon stirrade ner i golvet.

Miller ropade: "Vad i helvete har hänt här?"

Abe snyftade och slängde sig sedan ner på mattan. Han tryckte in hela ansiktet i mattan som om det var skönt att känna det sträva tyget mot huden.

Miller gick närmare, så att hans stövlar vidrörde Abes huvud. Han viskade: "Katie hade rätt - hennes mamma lever."

"Vadå?" svarade Abe.

"Det spelar ingen roll nu", sa Miller. "Hon är död. De är båda döda."

Den här gången slog Abe pannan i golvet.

Miller hällde upp ett glas vatten åt sig själv. Han drack ner det, men det kom upp igen medan kranen droppade i bakgrunden. Han funderade på att ge Abe vatten. Men han gjorde det inte.

"Ställ dig upp, Abe", krävde Miller. När han var upprätt skakade Miller hans axlar: "Förklara dig, man."

Abe började snyfta och gråta. Han föll ihop på knä.

Miller gick till garderoben, tog fram en filt och lade den över Abes axlar. Han försökte att inte tänka på barnen utan fokuserade istället på saker han behövde göra. Han behövde ringa rättsläkaren och få igång en utredning. Varför tvekade han? Vad väntade han på? Det stämde inte - ingenting av det. Barnen var stenkalla - som om de hade varit döda ett tag - när de enligt El inte kunde ha varit borta länge. Så vad hade hänt? Vem var ansvarig? Han ringde in det och gav ingen förklaring. "Två avlidna barn: okänd orsak", sa han.

Medan han väntade på att få tala med sin chef kastade han en blick på de två barnen på sängen. De såg rädda ut - som om de hade blivit skrämda till döds. Han skakade på huvudet. Människor kunde dö av många saker, men inte av rädsla.

När han hade kopplat bort samtalet gick han tillbaka till Abe. "Vad i Guds namn har hänt här?" Han hjälpte Abe på fötter och ledde honom mot diskhon för att hämta ett glas vatten.

Abe tog en klunk och sa sedan: "Jag behöver luft!" Han gick tvärs över rummet och kastade tillbaka dörren som ledde till balkongen.

Miller stod innanför altandörrens bågar, rädd att hans gamle vän skulle hoppa.

Någonstans i rummet snyftade ett barn.

Abe och Miller vände sig mot sängen, väl medvetna om att ljudet inte kom därifrån. Båda männen stod helt stilla, med alla sinnen i högsta beredskap medan de väntade på att höra ljudet igen.

"Coroner", sa en röst utanför efter att ha knackat.

"Det är öppet", sa Miller när teamet, inklusive kriminalteknikerna, anlände.

Miller kastade en blick på Abe, som satt uttryckslös. Hans blå ögon såg ännu blåare ut dolda i hans spöklika blekhet.

"Vad har vi här?" frågade en medlem av det kriminaltekniska teamet.

"Två döda barn", svarade Miller.

Teamet började arbeta med att säkra bevis.

Miller och Abe stod sida vid sida och väntade på ljudet: ljudet av ett gnällande barn.

KAPITEL 65

I RAMEN

ABE LYFTE PÅ HUVUDET och gick framåt, med huvudet på sned som om han hade hört något.

Miller hörde ingenting. Han öppnade munnen för att säga något till Abe, men det var som om han var i trans. Han hasade med fötterna över mattan.

Abe föll på knä och snyftade fram orden: "Jag är ledsen, Benjamin. Jag är så ledsen. Allt jag vill är att du ska vara här. Snälla." Hans kropp föll framåt med huvudet vilande på mattan.

Miller hade två tankar i huvudet. Det ena var att trösta sin gamle vän som hallucinerade. Den andra var att hjälpa teamet - de var nästan redo att lägga de två barnen i liksäckar.

Istället gjorde han ingenting, medan Benjamin stoppades ner i den gröna väskan. Han skakade till när det andra ljudet av dragkedjan som stängde Katie in skar genom tystnaden.

"Stå upp", beordrade en röst från ingenstans.

Abe gjorde det och reste sig upp som en marionett som väckts till liv av en marionettspelare.

"Gå till målningen", sa rösten.

Abe följde anvisningarna som en zombie och stannade vid Van Gogh-tavlan.

"Nej! Nej!" skrek han och täckte huvudet med händerna.

Miller gick rakt bakom honom så att han kunde titta närmare på nytrycket. Allt han såg var en vas med solrosor - inte för att han hade förväntat sig att se något annat. När Abe började prata igen flyttade Miller på sig.

Abe tog bort händerna från ansiktet och snyftade: "Varför? Varför? Varför, varför? Berätta för mig varför?"

Teamet som bar barnens kroppar avancerade mot dörren. En av dem frågade: "Vem pratar den gamle gubben med?"

Utan att svara vinkade Miller bort honom.

En röst hördes. En pojkröst som lät ihålig, som om den kom inifrån en tunnel. "Du vet varför."

"Benjamin", sa Abe. "Jag älskar dig."

Teamet med liksäckarna stannade. De visste inte att rösten de hörde var Benjamins - pojken vars kropp låg i en av säckarna de bar på.

"Lägg tillbaka väskorna på sängen", beordrade Miller. "Öppna den med pojken i - NU."

Teamet gjorde som Miller sa. Benjamin var vit, ögonen stängda. Fortfarande död. Miller stirrade på pojkens orörliga ansikte när hans röst hördes igen.

"Du vet vad du gjorde mot mig. Du vet."

"Jag har älskat dig. Jag älskar dig fortfarande", svarade Abe och sträckte ut handen mot den tomma luften.

"Älskade vem? Vem pratar han med, Van Gogh själv?" frågade en av teammedlemmarna.

"Shhh", svarade Miller.

"Det vi gjorde var att älska. För vi älskade varandra", erkände Abe.

Miller skakade på huvudet. Hörde han rätt? Han knöt nävarna och minskade avståndet mellan sig och sin före detta vän.

Abe tittade upp i taket, som om han trodde att Benjamin talade till honom från himlen.

"Varför var du tvungen att döda dig själv och Katie? Varför?"

"Jag gjorde vad jag var tvungen att göra."

"För att straffa mig?"

"Ja, för att jag känner dig."

Miller knöt nävarna.

"Jag skulle aldrig ha rört henne", snyftade Abe.

"Jag tror dig inte."

Abe stod kvar framför tavlan med blicken riktad mot himlen.

Miller mumlade orden till teamet bakom honom: "Jag tar över nu."

De stängde Benjamins väska och bar ut de två barnen ur rummet.

Miller flyttade sig så att Abe befann sig rakt framför honom.

Abe fortsatte att titta upp mot himlen. Tiden tycktes stanna.

Sedan stack en kniv ut ur målningen och i en snabb rörelse skar den halsen av Abe.

Under några sekunder låg Abe kvar i samma position. Den enda rörelsen var blodet som strömmade från såret. Sedan tog gravitationen över och han föll till golvet med huvudet försvinnande under sängkläderna.

KRASCH. Den inramade Van Gogh-målningen med solrosor föll till golvet. Glasfronten krossades och splittrades i tusen bitar.

Miller kallade tillbaka teamet. När de kom in i rummet igen var golvet en blodig röra. "Var är hans huvud?" frågade en.

Miller talade som om det vore vardagsmat. "Det ligger under sängen."

En lyfte på täcket, den andre sträckte sig under. De stoppade ner Abe i liksäcken med ögonen vidöppna. Det hade gått så fort att han inte hade hunnit blinka. De stängde kroppsväskan med dragkedjan.

"Sätt inte barnen i närheten av honom", sa Miller. Lägg honom i bagageutrymmet, eller på taket, var som helst - men inte med barnen."

"Visst, vi ska se till det."

KAPITEL 66

SGT. MILLER

MILLER GICK UT PÅ balkongen för att få lite frisk luft. Han behövde tänka igenom allt eftersom inget av det var logiskt. Först var det Els död. Hade hon vetat vad som pågick med hennes man och fosterbarn? Han trodde inte att hon kunde ha vetat. Inte El.

Benjamin och Katie såg ut som om de hade skrämts till döds - men de var döda långt innan Abe kom till den här platsen.

När det gällde Abes övergrepp mot sin fosterson var det vridet. För sjukt för att tänka på. Han ville inte tänka på hur många gånger Abe hade varit gäst i hans eget hem. På den tid som Abe hade tillbringat med sina egna barn.

Sedan var det den övernaturliga aspekten av det som hände. Sergeant Miller trodde inte på det övernaturliga. Men han hade sett det och han hade hört rösterna. Men hur skulle han kunna förklara det? Det skulle han aldrig kunna.

Världen hade blivit galen.

Miller gick in igen, slog igen balkongdörrarna och låste dem. En man och en kvinna var där med en dammsugare och en mattrengöringsmaskin.

Kvinnan frågade Miller, som nickade, "Är det okej om jag börjar?". Hon satte igång dammsugaren och under några sekunder stod han och lyssnade på hur glaset sögs in i metallbehållaren.

"Stopp!" beordrade han, samtidigt som han rörde sig över golvet. Han böjde sig ner och plockade upp en solros på en glasbit.

Kvinnan började dammsuga igen, medan Miller höll upp solrosen mot sina ögon.

Då såg han den - rörelsen - inuti solrosen. Färger, kromgult, citrongult, färger som virvlade och vände sig som i ett kalejdoskop. Han kände hur mattan flyttade sig under honom när han tappade solrosen och allt blev svart när han föll t ill golvet.

Kapitel 67

KATIE VAKNA

"Benjamin", sa Katie, "det är inte meningen att jag ska vara här." Hon satt på en gunga och han knuffade henne högre och högre, men inte för högt.

"Självklart ska du vara här", sa Benjamin.

Barnen runt omkring dem lekte. Några var i sandlådan. Andra satt och gungade. Många tävlade i baseball- och fotbollsmatcher. Flera spelade brädspel som schack, dam och kula.

"Du är välkommen hit", sa en pojke som var yngre än Benjamin till Katie.

Han bar en jeansoverall utan skjorta under. Han hade en gyllene solbränna som fick hans blonda hår och blå ögon att framträda i hans atletiska ansikte.

"Du är mycket välkommen här, min nya syster", sa en liten flicka, yngre än Katie. Hennes hår var uppsatt i ringar, som studsade när hon sprang.

Hon var söt i en blå klänning med spetsar runt kanterna och på fötterna hade hon vita sandaler.

"Men jag är inte som du", sa Katie. "Jag hör inte hemma här. Du hörde sergeant Miller. Han sa att min mamma lever. Hon väntar förmodligen på mig vid vattnet. Hon sa åt mig att inte röra mig. Hon kommer att vara orolig för mig."

Benjamin knuffade henne högre upp, "Du är säker här."

Tumbleweeds blåste genom parken. Parken inuti den krossade Van Gogh-målningen Solrosor. Platsen där alla bortglömda barn levde och lekte tillsammans för alltid.

För även om glasfronten krossades i den här världen förblev den intakt i en annan. Varje barns tidsklocka vreds tillbaka, tillbaka.

Tillbaka. Till den tid då de förlorade sin barndom. När de tvingades växa upp för snabbt.

Inne i målningen förblev barnen barn för alltid. I tryggheten i Van Goghs soliga Solrosor fanns ett löfte. Ett löfte om att inget barn någonsin mer skulle bli skadat, misshandlat, skrämt eller försummat.

Kapitel 68

SGT. MILLER

På bårhuset valde Miller kistor till El, Katie och Benjamin - och Abe. Han skulle ha låtit den gamle mannen gå till tvåorna i en kartong om han hade kunnat, men det kändes inte rätt för honom. Så han var tvungen att välja fyra kistor till fyra kroppar. Någon var tvungen att göra det.

Miller hoppades få ett avslut genom att ta hand om den här uppgiften. Han tänkte fortfarande på Katies försvunna mamma Jennifer Walker. Hon fanns där ute, någonstans - och hennes dotter var död för att hon hade lämnat henne ensam vid vattnet. En sådan t ragedi.

En sådan förlust. Allt kunde ha förhindrats. En förälder ska skydda sitt barn - oavsett vad som händer.

Att utsätta sig för risker hellre än att barnet skadas. När gick allt fel och varför såg han det inte?

Miller kunde inte få ett avslut. Han kunde inte få ro i sinnet.

Och i hans mage var det något som gnagde. Det åt upp honom inifrån och ut. Han återvände till Julius hem i hopp om att hitta svar. Fastigheten var fortfarande avspärrad med tejp och en polis stod vid ytterdörren.

"Är det någon där inne?" frågade Miller.

"Nej, sergeant. Jag tror att de har avslutat för dagen. De har letat efter fingeravtryck och tagit ut allt som de ville behålla som bevismaterial." Han tittade på sin klocka. "Jag hade tänkt återvända till stationen snart. Mitt skift är nästan slut."

"Kommer någon annan för att vakta stället över natten?" frågade Miller.

"Jag tror inte det."

"Iväg med dig då", sa Miller, "jag tar över nu."

Polismannen satte sig i sin bil och körde iväg. Miller såg honom köra iväg och gick sedan in i huset.

Väl inne lät han känslan som gnagde i magen leda honom dit han behövde gå. Ner i hallen, längs korridoren. Till Abes kontor. Han kontrollerade skrivbordet: låst. Han gick in i köket och tog en kniv ur lådan. Han använde den för att bryta sig in i skrivbordet. Det han letade efter satt där, nästan som om det väntade på honom: Abes liggare.

Miller bläddrade igenom sidorna fram till jul och letade efter beställningar av dockor. Det fanns flera beställningar genom åren, inklusive foton av barnen, deras fullständiga adresser och foton av barnen med deras matchande dockor.

Det fanns dock ingen av Katie i högen, men han kunde bekräfta att den person som hade gjort beställningen och hämtat dockan hade varit Mark Wheeler.

Han hittade totalt sju beställningar från olika år. Ett foto av barnet, bredvid fotot av dockan. Katies hade varit det sista köpet.

Han satt i Abes stol i några sekunder till, medan han bläddrade igenom sina filer. Anmärkningsvärt var en ansökan om att adoptera Benjamin. Det stod att han också skulle ta över ägandet av huset och butiken. Ingenting hade slutförts, eftersom El inte hade undertecknat den. Han tog ansökan tillsammans med liggaren och bar ut dem från k ontoret.

Han gick in i Katies rum. För en sekund kunde han inte andas. Hennes likadana docka låg på sängen, satt upp och tittade på honom. Väntade på honom. Om saken hade andats hade det inte kunnat chocka honom mer. Oförmögen att röra sig skärptes hans sinnen.

Först ett visslande ljud. Fladdrande. Gardiner som vecklade ut sig. De sträckte sig efter dockan som tentakler av tyg.

Han darrade, vände sig om för att gå men kunde inte. Han slog armarna om sig själv.

"Okej, okej", sa han till ingen. Han tog upp dockan och bar den ut ur rummet och in i köket. Han letade under diskbänken efter en påse som var stor nog att stoppa ner den i. Han hade inte hjärta att lägga den i en grön soppåse - den liknade för mycket en liksäck. Istället hittade han en blå genomskinlig återvinningspåse och lade i dockan med fötterna först.

Han låste huset, satte sig i bilen och körde tvärs över stan. När han kom fram till byggnaden kände portvakten igen honom, så han behövde inte visa sin bricka. Det var bra eftersom han bar på en docka i en stor genomskinlig väska.

"Jag ska visa dig vägen upp", sa Matthew Barry, Desk Manager. Han visade vägen in i hissen och upp till sjunde våningen.

I hissen på väg upp ställde Miller sig en massa frågor, som vad han gjorde och varför, men han fick inga svar.

Det enda han visste med säkerhet var att den känsla som hade gnagt i hans mage hade minskat sedan han plockade upp dockan. När han närmade sig rummet försvann den in i bakgrunden.

Barry vred om nyckeln i låset och WHAM, en siren tjöt - vilket fick chefen att känna som om hans hjärna skulle explodera. Den stackars mannen klickade på varenda knapp på väggen för att få det våldsamma ljudet att upphöra. När ingenting fungerade höll han för öronen och till slut vände han sig om och gick skrikande ut ur r ummet.

Miller påverkades också av sirenerna, men inte lika mycket som chefen hade gjort. Han föll ner på sängen, använde kuddarna för att dämpa ljudet och hoppades att det skulle sluta snart. Han slöt ögonen och svimmade. När han vaknade låg kuddarna på golvet och det var tyst i rummet.

Han svalde lite vatten och stänkte sedan lite i ansiktet. Han märkte att mattan var ny, plymigare den här gången. Sedan såg han något annat: en ny Van Gogh-målning med solrosor i en antik guldram.

Medan kranen droppade undersökte han målningen. Han såg ingen rörelse och kom sedan ihåg dockan. Han såg plastpåsen på golvet bredvid sängen: den var tom.

Han kliade sig i huvudet, vände sig om och gick mot dörren, och när han lade handen på dörrhandtaget hörde han barnröster sjunga en serenad:

Tack för blommorna,

Tack för träden,

Tack för vattenfallen,

Tack för brisen.

Vi är här tillsammans nu.

Fria från skada och smärta
Tack, Sergeant Miller
För att du kom tillbaka igen.
Orden och melodin fortsatte att snurra runt i hans huvud. I dagar, veckor, månader, år.

EPILOG

MILLER GICK I PENSION, med en sista begäran i tjänsten. Han knackade på Judy Smiths dörr.

"Jag är här för att träffa Gerald", sa han.

Han följde Judy upp för trappan, "Sergeant Miller är här för att träffa dig."

Hon stod i dörröppningen medan Miller skakade hand med Gerald och gav honom en medborgarutmärkelse.

"Du hjälpte oss att lösa ett fall", sa Miller. "Fortsätt med det utmärkta arbetet."

"Kan jag få ett foto på er två?" frågade Judy.

Miller nickade och han och Gerald pratade medan hon gick ner för trappan och kom upp igen med sin telefon i handen.

"Säg cheese", sa hon.

Efter några bilder tog Miller farväl och var på väg hem. Han hoppades på en lugn kväll med sin fru - vad han inte visste var att hon hade en stor överraskande pensioneringsfest som väntade på h onom.

TACK

Tack för att du läser ALLAS VÅRT BARN som jag skrev det första utkastet till under National Novel Writing Month redan 2013.

Första utkastet var färdigt, jag gjorde några mindre redigeringar och skickade sedan ut det till några betaläsare för att se hur det kunde förbättras - och om de gillade det. Fyra av fem läsare (som var författarkollegor) gillade varken Katie eller Benjamin och ville att jag skulle skriva om karaktärerna så att de blev mer lika deras egna barn osv. Jag tog deras synpunkter och funderade på dem medan jag arbetade med andra projekt.

I slutändan bestämde jag mig för att hålla fast vid mina ståndpunkter. Andra författare kunde skriva sina karaktärer på det sätt de ville. Om vi alla skrev våra karaktärer på samma sätt, vad skulle då vara poängen? Det här var mina karaktärer och de hade valt mig för att berätta sina historier för/genom mig. Jag var tvungen att berätta deras historier på det sätt som de ville att de skulle höras. I det avseendet var mina karaktärer och jag själv synkroniserade.

Det fick mig att söka efter en Developmental Editor och jag hittade en utmärkt sådan och för hennes hjälp och uppmuntran kommer jag alltid att vara tacksam.

Men Allas barn var inte klar än. Den behövde läsas av nya beta-läsare och det blev den. Den här gången ställde jag frågor till dem, och jag var särskilt bekymrad över brödsmulor. Hade jag lämnat tillräckligt med spår längs vägen för att leda läsaren till den chockerande slutsatsen? En av fem läsare tyckte att jag hade avslöjat för mycket och bad mig att minska antalet brödsmulor. Du kanske är intresserad av att veta att hon gissade fel från början, men att hon vid en omläsning snappade upp fler av de ledtrådar som jag hade gett.

Jag vill passa på att tacka mina korrekturläsare, beta-läsare och redaktörer för deras engagemang för mig och det här projektet. Era synpunkter var värdefulla - oavsett om jag accepterade era förslag eller inte. För att ni hjälpte mig att göra Everyone's Child till det bästa den kunde bli. Kanske kunde Stephen King ha gjort/skulle ha gjort mer. Men jag är ingen Stephen King. Jag är en indieförfattare, ensam anställd och grundare av Stratford Living Publishing.

Tack också till familj och vänner som stod vid min sida genom mörkret.

Och som alltid, Happy Reading!

Cathy

OM FÖRFATTAREN

Den flerfaldigt prisbelönta författaren Cathy
McGough bor och skriver i
Ontario i Kanada tillsammans med sin man, son,
två katter och en hund.

Om du vill skicka e-post till Cathy,
kan du nå henne här:

cathy@cathymcgough.com

Cathy älskar att höra från
sina läsare.

ÄVEN AV:

FIKTION

Ribbys hemlighet

13 noveller (som inkluderar:

Paraplyet och vinden

Margarets uppenbarelse

Maskrosvin (FINALIST I READERS' FAVOURITE
BOOK AWARD))

Intervjuer med legendariska författare från andra
sidan jorden (2:a plats för bästa litterära referens
2016 METAMORPH PUBLISHING)

Gudinna i plusstorlek

ICKE-FIKTION

103 Insamlingsidéer för frivilliga föräldrar med skolor och team (3RD PLACE BEST REFERENCE 2016 METAMORPH PUBLISHING)

+ Böcker för barn och unga vuxna

www.ingramcontent.com/pod-product-compliance
Lightning Source LLC
Chambersburg PA
CBHW032017310726
48972CB00002B/437